战国故事

大字古画版

中国历史故事集

平原君

林汉达 著

中国画报出版社·北京

图书在版编目（CIP）数据

林汉达中国历史故事集. 战国故事 / 林汉达著. --北京：中国画报出版社，2024.8（2024.10重印）
  ISBN 978-7-5146-2369-7

Ⅰ. ①林… Ⅱ. ①林… Ⅲ. ①历史故事—作品集—中国—当代 Ⅳ. ①I247.81

中国国家版本馆CIP数据核字(2024)第047990号

林汉达中国历史故事集　战国故事
林汉达　著

出 版 人：方允仲
策划编辑：李聚慧
责任编辑：李聚慧
内文排版：郭廷欢
责任印制：焦　洋

出版发行：中国画报出版社
地　　址：中国北京市海淀区车公庄西路33号　邮编：100048
发 行 部：010-88417418　010-68414683（传真）
总编室兼传真：010-88417359　版权部：010-88417359

开　　本：32开（880mm×1230mm）
印　　张：8.25
字　　数：150千字
版　　次：2024年8月第1版　2024年10月第2次印刷
印　　刷：三河市金兆印刷装订有限公司
书　　号：ISBN 978-7-5146-2369-7
定　　价：38.00元

出版说明

林汉达是我国著名的教育家和语言学家。他编著的《中国历史故事集》,是历史普及读物中的经典,受到广大读者的喜爱。这本书不只是一部历史启蒙读物,还讲述了诸多成语故事及其来源,对于读者积累历史知识、提高语文阅读和写作水平大有裨益。

为了提升阅读体验,编者做了如下几点优化:

一、编者将《林汉达中国历史故事集》分为四部书,分别是:《春秋故事》《战国故事》《西汉故事》《东汉故事》。每部书的内容体量适中,重量较轻,一来避免大部头书对孩子造成的压迫感,二来拿着书阅读时也不会太重。

二、本套《林汉达中国历史故事集》中括号里的注释为原书注。生僻字后面括号里的拼音为编者所加,方便低年级的小读者识字。

三、本套书在原书的基础上,参照相关古籍,做了精编精校,订正了部分知识性错误及语言问题。

四、本套书加大字号和行间距,优化排版,保护青少年的视力。

五、配上古典插画,提升阅读乐趣,消除阅读纯文字的枯燥感。这些插画来自古代书籍,古拙、质朴,希望能给读者带来美的享受。

编者

目 录

三家分晋	一
用人不疑	一二
河伯娶妇	一九
起死回生	二七
不受蒙蔽	三三
商鞅变法	四二
孙膑下山	五四
马陵道上	六七
悬梁刺股	七六
攻守同盟	八五

合纵抗秦	九六
连横亲秦	一〇四
胡服骑射	一一四
屈原投江	一二六
鸡鸣狗盗	一三七
狡兔三窟	一四五
火牛陷阵	一五五
完璧归赵	一六九
负荆请罪	一七九
远交近攻	一八四
赠送绨袍	一九三
坑杀赵卒	二〇〇
毛遂自荐	二〇九
盗符救赵	二一六
图穷匕见	二二九
统一中原	二四五

三家分晋

越王勾践卧薪尝胆,发愤图强,不但灭了吴国(在江苏南部),而且率大军渡过淮河,当上了中原诸侯的领袖,做了霸主。一向被称为霸主的晋国(在山西),到了这时候,实际上已经不是一个统一的诸侯国了。有势力的大夫各人割据一块地盘,把晋国分成了好几个小国。他们之间互相攻打,互相兼并。在这种情况下,晋国怎么能跟强大的越国为敌呢?

晋国的大夫当中,势力最大的原来有六家,后来有两家被打散了,晋国的大权就归了四家:智家、赵家、魏家、韩家。那时候,列国的大夫占有大量的土地,他们直接统治农民,比国君富裕得多。农民生活在大夫的手下,也比在国君的统治下要好过一些。有不少农奴受不了国君的压迫和虐待,情愿逃到大夫的封地去做佃农。各国大夫的势力因而越来越大。像晋国那样,土地和人民实际上都落在这四家大夫手里了。

这四家——智伯瑶(yáo)、赵襄子、魏桓子、韩康子——之中,智伯瑶的势力最大。他对赵、魏、韩三家说:"咱们晋国一向当着中原的霸主。没想到吴王夫差和越王勾践先后起来,夺去了霸主的地位,这是咱们晋国的耻辱。如今只要把越国打败,晋国仍然能够当上霸主。我主张每家拿出一百里的土地和户口来给公家。公家的收入增加了,壮丁增加了,实力才会增强,才能重新当上霸主。"

这三家大夫早就知道智伯瑶想独吞晋国。他所说的"公家",其实就是"智家"。可是他们三家心不齐,没法跟智伯瑶闹翻。智伯瑶派人去向韩康子要一百里的土地和户口,韩康子如数交割了。智伯瑶派人向魏桓子要一百里的土地和户口,魏桓子也如数交割了。智伯瑶就这么增加了二百里的土地和户口。接着，他又派人去找赵襄子，要一百里的土地和户口，但赵襄子不答应。他说："土地是先人的产业，我不能送给别人。韩家、魏家他们愿意送，不干我的事，可我没法依！"来人回去把赵襄子的话向智伯瑶报告，智伯瑶气坏了。他让韩、魏两家和自己一同发兵去打赵家，还答应他们等灭了赵家之后，三家平分赵家所有的土地和户口。

公元前455年，智伯瑶率领中军，韩家的军队担任右路，魏家的军队担任左路，三队人马直奔赵家。赵襄子知道寡（guǎ）不敌众，就带着赵家的兵马退到晋阳（在山西太原）城，打算在那儿死守。这个晋阳城是赵家最坚固的一座城。当初由赵家的家臣董安于一手经营，里面盖了很大的宫殿，宫殿的围墙内部全用苇箔（bó）、竹子、木板做成，外面再用砖和石头砌上。宫殿里的大小柱子全是用上等的铜铸成的。所有的建筑又结实又好看。董安于之后，赵家又派家臣尹铎（duó）治理晋阳城。尹铎注意减轻刑罚，减少官差，因此很得人心。赵襄子一见晋阳城很严实，粮草充足，老百姓也乐意跟他在一起,他就放心多了。

没有多少日子,三家的兵马就把城围上了。赵襄子吩咐将士们坚决守城,不准交战。每逢三家攻打的时候,城上的箭就好像雨点儿似的落下来,智伯瑶他们没法打进去。就这样,晋阳城仗着弓箭守了半年多。可是箭都使完了,怎么办呢?赵襄子为了此事,闷闷不乐。他的手下张孟谈对他说:"听说当初董安于在宫殿里准备了无数的箭,咱们找找去。"这一下可提醒了赵襄子。他立刻叫人把围墙拆去一段,果然里面全是做箭杆的现成材料。又拆了几根大铜柱子,铸成无数的箭头。有了这么多的箭,再使几年也使不完。赵襄子叹息着说:"要是没有董安于,如今上哪儿找这么多兵器?要是没有尹铎,老百姓哪能这么不怕死地守住这座城啊?"

三家的兵马把晋阳城围困了两年多,还是没打下来。到了第三年,有一天,智伯瑶察看地形的时候,看到晋阳城东北的那条晋水,就有了主意:晋水是由龙山那边过来,绕过晋阳城往下流去的;要是把晋水引到西南边来,晋阳城不就淹了吗?他就吩咐士兵在晋水旁边挖一条河,一直通到晋阳城,又在上游造了一个很大的蓄水坑。在晋水上筑起坝来,拦住上游的水。这时候正赶上雨季,一连下了几天大雨,蓄水坑很快就满了。智伯瑶命士兵开了个豁(huō)口,大水就直冲晋阳城,灌到城里去了。不到两天,城里的房子多半被淹了。老百姓跑到房顶上和高地上避难。竹排、木头板子都当成了筏子。烧火、做饭都在城头上。可是全城的老百姓宁可淹死,也不肯投降。

赵襄子叹息着对张孟谈说:"民心固然没变,可要是水势再高涨起来,咱们不就全完了吗?"张孟谈说:"我总觉得韩家和魏家决不会心甘情愿地把自己的土地让给智家。他们也是出于无奈。依我说,主公多准备一些小船、竹排、木筏子,跟智伯瑶在水上拼个死活。我这边想办法去见韩康子和魏桓子。"赵襄子当天晚上就派张孟谈偷偷地去跟两家相商,约他们一同攻打智伯瑶。要是韩康子和魏桓子同意的话,赵襄子就有救了。

第二天,智伯瑶下命令,叫韩康子和魏桓子一同

智伯决水灌晋阳

去察看水势。他指着晋阳城得意地对他们说："我用不着交战就会得胜,就能叫这条晋水替我消灭赵家。你们看,晋阳不是快完了吗?早先我以为晋国的大河像城墙一样可以拦住敌人。照晋阳的情形看来,水能灭国,大河反倒是个祸患了。你们看看:晋水能够淹晋阳,汾水就能淹安邑(魏家的大城,在山西夏县西北),绛水也就能淹平阳(韩家的大城,在山西临汾南),是不是?哈哈哈!"韩康子和魏桓子连连应答着说:"是,是,是。"智伯瑶见他们答话有点儿慌里慌张,好像挺害怕,才觉得说漏了嘴。他忙赔着不是说:"我这个人哪,直心眼儿,有一句说一句,你们可别多心!"他们两个人又点头哈腰地说:"是,是!您是顶天立地的英雄。我们能够跟着您,蒙您抬举,真是非常荣幸了。"他们嘴里尽管这么说,心里却恨透了智伯瑶,决定要跟着赵襄子干了。

第三天晚上,约莫四更天,智伯瑶正在自己的营里睡着,猛然间听到一片喊杀的声音。他连忙从卧榻上爬起来,衣裳和被子已经湿了,兵营里全是水。他还以为是堤坝开了口子，大水灌到自己营里来了，赶紧叫士兵们去抢修。不大会儿工夫，水势越来越大。智伯瑶的家臣豫（yù）让带着水兵，扶着智伯瑶上了小船。

智伯瑶在月光下回头一瞧，就见士兵们在水里一起一沉地挣扎着，这才明白是敌人把水放过来了。智伯瑶正在惊慌不定的时候，四面八方都响起了战鼓声。赵家、韩家、魏家三家的士兵都驾着小船、竹排、木筏子，一齐冲杀过来，见了智家的士兵就连打带砍，一点儿不手软。队伍当中还夹杂着喊叫的声音："别放走了智伯瑶！拿住智伯瑶的有赏！"智伯瑶对豫让说："原来那两家也反了！"豫让说："别管他们反不反，主公赶紧杀出去，上秦国去借兵！我留在这儿拼死对付他们。"说着，他跳上木筏子，杀散敌人，叫家臣智国保护着智伯瑶逃跑。

智国保护着智伯瑶，坐着小船一直向龙山那边划去。这一带没有追兵，智伯瑶才喘了口气。他们好不容易把船划到了龙山跟前，急急忙忙爬上了岸。幸亏东方已经发白了，他们顺着山道走去，跑了一阵子，略略宽了宽心。不料刚一拐弯儿，他们迎头就碰见了赵襄子！赵襄子早就料到智伯瑶准会从这条路上逃跑，预先带领一队兵马在这边埋伏着，当时就逮住了智伯瑶，砍下了他的脑袋。智国抹脖子自杀了。

三家的兵马合到一块儿，把沿着河边的堤坝拆了。大水仍旧流到晋水里去，晋阳城又露出了旱地。

赵襄子安抚了晋阳的居民之后，向韩康子和魏桓子道谢。他们宣布智伯瑶的罪恶，并照古时候的习惯，把智家的男女老少杀得一个不剩。韩家和魏家的一百里土地和户口，当然由各人收回去了。智家的土地和户口，他们就平分了。

韩康子、赵襄子和魏桓子三家灭了智伯瑶，都想趁着这个时候把晋国分了，可是这么大的事情也不能说干就干，总得找个恰当的时机才好。

公元前438年，晋国的国君晋哀公死了，儿子即位，就是晋幽公。韩康子、赵襄子、魏桓子见新君软弱无能，就商定了平分晋国的办法。他们把晋国的绛（jiàng）和曲沃（wò）两座城给晋幽公留着，别的地界三家就瓜分了。这么一来,韩、赵、魏三家就称为"三晋",各自独立。晋幽公只好在三晋的势力之下凑合活着。他不但不能把三晋当作晋国的臣下看待,反倒要一家一家地去朝见他们,地位就这么颠倒过来了。

公元前425年,赵襄子得重病死了。就在这一年,韩康子和魏桓子也都病死了。这三家的继承人分别叫韩虔(qián)、赵籍和魏斯。他们打算自己正式做诸侯。

公元前403年,韩、赵、魏三家打发使者上成周(在河南洛阳东北)去见周威烈王,要求他把他们三家加在诸侯的名册上,还说:"韩虔、赵籍、魏斯都因为尊敬天王,才来禀告。只要天王正式封他们为诸侯,他们就能辅助天王。"周威烈王一想,不认可也没用,就封韩虔为韩侯,魏斯为魏侯,赵籍为赵侯。

这新起来的三个诸侯宣布了天王的命令,各自立了宗庙,向列国通告。各国诸侯都来向他们贺喜,只有秦国(在陕西南部)不跟中原诸侯来往。中原诸侯当时还把它当作戎族(山戎的部族)看待,秦国当然没派人来。

晋幽公之后，到了他孙子的时候，三晋干脆把这个挂名的国君也废了，让他去做个老百姓。从此，晋国的统治系统就断了，以后只有韩、赵、魏三国，连晋国这个名称也不用了。

用人不疑

三晋中最强盛的要数魏国了。魏文侯魏斯一个劲儿地搜罗人才，兴修水利，改进耕种的方法，还实行粮食平粜（tiào），就是逢到熟年，公家把粮食照平价买进；逢到荒年，公家把粮食照平价卖出。这么一来，不管年成好不好，粮价总是平稳的，农民生活比以前安定了，生产发展就比较快。

魏国渐渐强盛起来，魏文侯就决心收服中山国（在河北定州）。中山国在魏国的东北边，原来是晋国的属国。自从三家分晋之后，中山国谁也没给进贡。魏文侯怕赵国或是韩国把中山国夺过去，就打算先下手。再说中山国国君荒淫（yín）无道，对待老百姓非常凶暴，魏文侯更觉得有理由发兵去征伐。有人推荐一个文武双全的人乐（yuè）羊，说请他当大将，一定能够把中山国收过来。可是另外有些人反对说："不行！乐羊的儿子乐舒，如今正在中山国做大官。咱们不能叫他去打中山国，这叫人不放心。"魏文侯就派人去探听，才知道乐羊很有见识。他儿子乐舒曾经奉了中山国国君的命令去请他。乐羊不但不去，还叫他儿子离开中山国，说中山国的国君荒淫无道，跟他在一块儿必然自取灭亡。魏文侯没再犹豫，就派人把乐羊请了来。

魏文侯对乐羊说："我打算派你去征伐中山国，可是听说你的儿子在那边，怎么办呢？"乐羊说："大丈夫为国立功，绝不能为了父子的私情不顾公事。我要是不能收服中山国，情愿受处分！"魏文侯挺高兴地说："你这么有把握，好极了。我就用你，相信你。"乐羊很感激国君这么信任他，要求马上发兵。

公元前408年，魏文侯拜乐羊为大将，西门豹（姓西门，名豹）为副将，率领五万人马去进攻中山国，中山国国君姬窟（kū）派大将鼓须带领一大队兵马迎上来，不让魏兵过去。两边打了一个多月，也没见胜败。后来乐羊和西门豹拿火攻的法子把鼓须打败了，一直追到中山国城下。

中山国大夫公孙焦对姬窟说："乐羊是乐舒的父亲，主公不如叫乐舒去要求乐羊退兵。"姬窟就叫乐舒去说。乐舒推辞说："早先我奉了主公的命令去请我父亲，他坚决不肯来。如今我们父子两个各有主人，他绝不会答应我的。"姬窟逼着他去说，还吓唬他说："你不去，我先要了你的命！"乐舒只好上了城楼，请他父亲跟他见面。乐羊一见乐舒，就骂他："你就知道贪图富贵，不知道进退，真是没出息的奴才！赶快去告诉昏君早点儿投降，他还有命活，你还能见我。要不然，我先把你杀了。"乐舒央告说："投降不投降在于国君，我不能做主。我只求父亲暂时别再攻打，让我们商量商量。"乐羊说："这么着吧，给你一个月的期限，你们君臣早点儿打定主意。"乐羊下令把中山城围住，不许攻打。

姬窟认为乐羊心疼自己的儿子，绝不会急着攻城。

他仗着中山国城墙结实，城里粮草又充足，不打算投降。转眼间，一个月过去了，乐羊准备再攻城。姬窟又叫乐舒去求情，再宽限一个月。他还想到外边去搬救兵。可是乐羊把中山城围了好几层，城里的人没法儿出去。就这样打也不打，降也不降，只叫乐舒一再请求乐羊放宽期限。

几个月又过去了，魏国朝廷里有不少人议论纷纷，说乐羊为了儿子不加紧攻打，别想收服中山国了。魏文侯却不发话，只是接连不断地打发人去慰劳乐羊，还告诉他国君正在替他盖房子，等他得胜回朝的时候送给他住。乐羊非常感激，可就是按兵不动。西门豹也着急起来了，对乐羊说："将军还打不打算攻打中山国了？"乐羊说："当然要打。我两次三番地答应中山国国君放宽期限，让他两次三番地失信，为的是让老百姓知道谁是谁非。我可不是为了乐舒一个人，为的是收服中山国的民心。"西门豹听了，这才放心。

又过了一个月，中山国国君还不投降，乐羊就开始攻城了。姬窟眼瞧着中山城守不住，就叫公孙焦把乐舒绑在城楼上，准备杀他。乐舒嚷着说："父亲救命！"公孙焦对乐羊说："赶快退兵，你儿子还有活命；你要是再攻城，我们可就要拿他开刀了！"乐羊骂乐舒说："你当了大官，不能劝告国君改邪归正，又没法儿守城，投降又不投降，抵御又不抵御，还像个吃奶的孩子一样叫唤什么？"他拿起弓箭来，准备射箭。公孙焦叫人把乐舒拉下来。他对姬窟说："乐舒的父亲向咱们进攻，乐舒也不能说没有罪呀。"姬窟就下令把乐舒杀了。

乐羊恨不得一口把中山国吞下肚去。他命令将士加紧攻城，等到撞开城门，他带头冲了进去。姬窟急得没有办法，只好自杀了。公孙焦出来投降，乐羊数说他的罪恶，把他杀了。接着，乐羊安抚了中山国的百姓，废除了姬窟定下的一些暴虐的法令，叫西门豹带着五千人留在中山，自己率领大队人马回魏国去了。

乐羊刚到魏国的都城安邑城外，就瞧见魏文侯在那儿等着他。魏文侯慰问他说："将军为了国家，舍了自己的儿子。我真过意不去。"乐羊献上中山国的地图和战利品。大伙儿都称赞乐羊，魏文侯请他到宫里去喝酒。乐羊因为立了大功，谁都向他表示钦佩，他不由得显出骄傲的神气来了。宴会完了，魏文侯赏他一只箱子，箱子上下封得挺严实。乐羊一看，心里想不是黄金，就是白玉。他想，大概魏文侯怕别人见了引起忌妒，才这么封着。他越想越得意，当时就叫手下的人很小心地把箱子搬到家里去。

乐羊赶紧回到家里，打开箱子一瞧，愣了。箱子里装的不是什么宝贝，全是朝廷里大臣们的奏章！他随便拿起一个奏章来瞧瞧，上面写道："乐羊连打胜仗，中山国眼看就能攻下来了，但是为了乐舒的一句话，就不再攻。父子私情，于此可见。"他又拿起一个奏章，上面写着："主公如不召回乐羊，恐怕后患难防。"其余的奏章大都写着："再让乐羊留在中山国，怕是连五万大军也要断送了。""当初拜乐羊为大将，已经拿错了主意。""人情莫过于父子，乐羊怎么能忍心伤害自己的骨肉？"乐羊一边看一边掉着眼泪，说："想不到朝廷中有这么多人在背后毁谤我！要是主公不能坚决地信任我，我哪儿能成功呢？"

第二天,乐羊上朝谢恩。魏文侯要赏赐他,乐羊再三推辞说:"中山国能够打下来,全是主公的力量,我有什么功劳可说。"魏文侯说:"倒也是,除了我,没有人能够这么信任你;可是除了你,也没有人能够这么收服中山国。你辛苦了。我封你为灵寿君。"乐羊谢了国君,就动身到封地灵寿(原属中山国,在河北正定北)去了。

河伯娶妇

魏文侯想起中山离着本国太远,必得派自己人去守才放心。他就封太子为中山侯,把西门豹替换回来,要西门豹去守另一个重要的地方邺(yè)城(在河北临漳西)。邺城夹在韩国和赵国当中,西边是韩国的上党(在山西长治),北边是赵国的邯(hán)郸(dān)。这块重要的地方非派个像西门豹那样有本领的人去管理不可。

西门豹到了邺城,一瞧那地方非常荒凉,人口也挺少,好像刚打过仗,逃难的居民还没回来似的。他把当地的父老们召集到一块儿,跟他们随便聊聊天。他问:

"这地方怎么这么荒凉？老百姓一定很苦吧？"父老们回答说："可不是吗？河伯娶妇，害得老百姓快逃光了。"西门豹摸不清是怎么回事，忙问："河伯是谁？他娶媳妇儿，老百姓干吗要跑？"父老说："这儿有一条大河叫漳河，漳河里的水神叫河伯，他最喜爱年轻的姑娘，每年要娶一个媳妇儿。这儿的人必须挑选模样好的姑娘嫁给他，他才保佑我们。要不然，河伯一不高兴，就兴风作浪，发大水，把这儿的庄稼全冲了，还淹死人哪。您想可怕不可怕？"西门豹说："这是谁告诉你们的？"大家说："还有谁啊？就是这儿的巫婆。她手底下有好些女徒弟，当地的里长和衙门里的差役又跟她串通一气，出头给河伯挑媳妇办喜事，每年要我们拿出好几百万钱。喜事办下来，花了二三十万，其余的就全都装到他们的腰包里去了。"

西门豹听了很生气，可是他故意装作不明白，说："那也用不着逃跑哇。"父老又解释给他听。他们说："要是单单为了这笔花费，老百姓还不至于逃跑。最怕的是每年春天，我们正要耕种的时候，巫婆打发她手下的人挨门挨户地去看姑娘。瞧见谁家的姑娘长得好,就说'这姑娘应当给河伯做新媳妇儿'。这个小姑娘就送了命了!有钱的人家可以拿出一笔钱来赎身。没钱的人家哭着求着,但至少也得送他们一点儿东西。实在穷苦的人家只好把女儿交出去。每年到了河伯娶妇的那一天,巫婆把选来的那个姑娘打扮起来,把她搁在一只苇子编成的小船上。岸上还吹吹打打,挺热闹的。然后巫婆把小船送到河里,由它随着风浪漂去。大概漂了几里地,连船带新媳妇儿就让河伯接去了。因为这档子事,好些有女儿的人家都搬走了,城里的人就越来越少。"

西门豹问:"你们这儿老闹水灾吗?"他们说:"全仗着每年给河伯娶媳妇儿,还算没碰上大水灾。有时候夏天缺雨,庄稼旱了倒是难免的。要是巫婆不给河伯办喜事,那么,除了旱灾,再加上水灾,日子就更过不下去了。"西门豹说:"这么说来,河伯倒是挺灵的。下回他娶媳妇儿的时候,你们早点儿告诉我一声,我也去给河伯道个喜。"

到了河伯娶亲的日子,西门豹带着一队武士跟着父老们去"送亲"。当地的里长和办理婚礼的人,没有一个不到的。西门豹还派人去通知一些过去把女儿送给河伯的人家,邀他们都来看看今年的婚礼。远远近近的老百姓都来看热闹,一时聚了好几千人。里长带着巫婆来见西门豹。西门豹一看,原来是个三分像人七分像鬼的老婆子。在她后面跟着二十来个女徒弟,手里拿着香炉、蝇甩(shuǎi)什么的。西门豹挺郑重地对巫婆说:"劳烦你叫河伯的新媳妇儿上这儿来,让我瞧瞧。"巫婆就叫她的女徒弟去把新媳妇儿领来。只见她们搀着一个十四五岁的小姑娘走了过来。小姑娘不停地哭,脸上搽着的胭脂花粉,有不少已经被眼泪冲花了。

西门豹对大伙儿说:"河伯的媳妇儿必须挑个特别漂亮的美人儿。这个小姑娘我瞧还配不上。劳驾巫婆,先去跟河伯说:'太守打算另外挑选一个更好看的姑娘,明天就送去。'请你快去快回,我在这儿等你回信。"巫婆一听,慌了,大叫一声:"我不行啊!"转身就跑。西门豹叫武士们追上去,抄起那个巫婆,"扑通"一声,扔到河里去了。岸上的人吓得连大气都不敢出。那个巫

西门豹乔送河伯妇

婆在河里挣扎了一会儿后,沉下去了。西门豹站在河岸上,恭恭敬敬地等着。站在岸上的人都张着嘴,顺着西门豹的眼睛盯着河心。好几千人都没有声音,只有河里的流水声儿响着。

过了一会儿,西门豹说:"巫婆上了年纪,不中用,去了这么半天还不回来。你们年轻的女徒弟去催她一声吧!"接着"扑通、扑通"两声,两个领头的女徒弟又被武士们扔到河里去了。大伙儿笑了一声,嘁(qī)嘁喳(chā)喳地议论开了。他们一会儿望望河心,一会儿望望西门豹的脸。又过了一会儿,西门豹说:"女人不会办事,还是烦出头办事的里长们辛苦一趟吧!"那几个经常向老百姓勒索的里长正想逃跑,早被一群老百姓挡住,一个一个都被武士抓住了。他们还想挣扎,西门豹大声喝道:"快去,跟河伯讨个回信,赶紧回来!"武士们左推右拽(zhuài),不由分说,把他们都推到水里。那些里长眼看都活不成了,一个个都在喊叫。旁边看的人有的笑了,有的手指头指着河心,直骂这几个坏蛋。西门豹向大河行个礼,恭敬地又等了一会儿。看热闹的人当中有的害怕,有的欢喜,有的咬牙,可是谁也不愿意走开,都要看个究竟。

西门豹回头又说:"这些人怎么这么久还不回来?我看还是派差役去催一催他们吧!"那一班衙门里的差役听了,吓得脸上连一点儿活人的颜色都没有了,哆哩哆嗦地跪在西门豹跟前直磕响头,有的把脑门子都磕出血来了。西门豹大声对他们说:"什么地方没有河?什么河里没有水?水里哪儿有什么水神?你们瞧见过吗?罪大恶极的巫婆造谣骗人,这几个里长跟她勾结在一起,搜刮老百姓的钱财,害了许多姑娘的性命。你们这些人还跟着他们兴风作浪,助长这种野蛮的风俗!你们害了多少人?应该不应该偿命?"老百姓听了,都高声嚷着说:"对,太应该了!这些该死的坏蛋,早就该办罪了。"那一班差役连连磕头,推说都是巫婆干的勾当。西门豹说:"如今害人的巫婆已经死了。往后谁要再胡说八道什么'给河伯娶妇',就叫他先上河里去跟河伯见面!"大伙儿嚷着说:"对呀!把他扔到河里去!"

西门豹把巫婆和里长他们的财产都分给了老百姓。

打这儿起,谁也不敢再提给河伯娶妇的事儿了。以前离开邺城的人,也都纷纷回来了。

西门豹叫水工测量地势,带领邺城一带的百姓开了十二条水渠,用漳河的水灌溉庄稼。这样一来,有不少荒地变成了良田,一般的水灾、旱灾很少发生,老百姓安心耕种,收成比以前任何时候都好。邺城安定了,魏国也越来越富强了。

起死回生

魏文侯叫乐羊收服中山国,叫西门豹治理邺城,这是新兴的魏国两件很成功的大事情。接着,魏文侯又拜当时很出名的一位军事专家吴起为大将,去镇守西河(地名,不是河名,在陕西华阴、白水、澄城一带,在黄河西边,所以叫西河)。吴起跟孙武同样以精通兵法出名,所以咱们有时候把他们两个人连着叫"孙、吴",他们的兵法也连着被称为"孙吴兵法"。

吴起到了西河,立刻下令修理城墙,训练兵马。为了防备秦国,他还修了一座很重要的城,叫吴城。他不但挡住了秦国的进攻,而且转守为攻,打到秦国的地界去，夺了河西的五座城，吓得秦人不敢再到河西这边来。这样一来，魏国的名声就大了。韩国、赵国、齐国都派使者来祝贺，尤其是齐国的相国田和，特别尊重魏文侯，把他当作新起来的霸主。

田和这么尊重魏文侯，有他自己的算盘，他想仗着魏国的势力作为靠山，夺取齐国的政权。齐国几代国君，对待老百姓都非常残酷，剥削重，刑罚严。齐国百姓一年劳动的收入，有三分之二都被国君夺去了，只能勉强过着半死不活的日子。老百姓要是发些牢骚，怨恨朝廷，动不动就受到砍脚的刑罚。齐国有一种专门卖给砍了脚的人穿的鞋叫作"踊"（yǒng）。因为被砍了脚的人实在太多了，市场上卖踊的生意比卖鞋的还好，踊的价钱比鞋的价钱涨得快。老百姓怎么能不痛恨国君呢？

齐国掌权的大夫有五家，数田家（也叫陈氏，因为古代"田"字和"陈"字是可以通用的）势力最大。从田和的曾祖父起，田家为了收买人心，把粮食借给百姓，借出的时候用大斗，收回的时候用小斗。田家还把自己封地里出产的树木、鱼、盐、海螺、蛤蜊等运到各地卖给百姓，白贴运费，价钱跟出产地一样。因此，齐国好多人都归向了田家。田家尽力搜罗人才，因此在大夫中占了极大的优势，就把其余的四家大夫都灭了。到了田和做相国的时候，他看时机已经成熟，国内的人都拥护他，国外魏文侯肯尽力帮他的忙，他就干脆把国君齐康公放逐到一个海岛上去了。

齐国整个儿归了田和以后，田和又托魏文侯替他向天王请求，依照当初"三晋"的例子封他为诸侯。那时候周威烈王已经死了，他的儿子即位，就是周安王。周安王答应了魏文侯的请求，在公元前386年，封田和为齐侯，就是田太公。他是新齐国的第一个国君。

田太公做了两年国君，死了。他儿子田午即位，就是齐桓公（和春秋五霸之一的齐桓公小白称号相同）。齐桓公午第六年，有一位非常出名的民间医生扁鹊，到本国来，齐桓公午把他当作贵宾招待。扁鹊原来是上古时代黄帝时期（黄帝是传说中的一个帝王）的一位医生。齐桓公午招待的这位扁鹊姓秦，名越人。因为秦越人治病的本领特别大，人们都尊称他为"扁鹊"。后来谁都叫他扁鹊，他原来的名字秦越人，反倒很少人知道了。

扁鹊治病的方法是多种多样的，医药、针灸（jiǔ）、按摩都采用，看情况而定。他周游列国，替老百姓治病。到了赵国的都城邯郸，他看到那边的人一般都重视妇女，他就做了妇科大夫，给妇女治病。到了周天王的都城洛邑（在今洛阳），他看到那边的人一般都尊敬老年人，他就做了耳目科和治疗神经麻痹（bì）、风湿症的大夫，给老年人治病。到了秦国的咸阳，他看到那边的人一般都爱护儿童，他就做了小儿科的大夫，给儿童治病。总之，他到了哪儿，那儿的人最需要看什么病，他就治什么病。

有这么一回事：有人死了，尸首搁了几天了。扁鹊一看，又问明白了病人临死时的情况，就断定这不是死，而是一种严重的昏迷。扁鹊给"死人"扎了几针，居然把他救活了，又给他吃了些药，把他的病也治好了。大家都称赞扁鹊，说他能起死回生。可他不认同这个说法。他说他无法叫死人活转过来。他说："这个人本来没有死,生命还在他身上,我不过是帮助他把受压制的生命复苏起来罢了。"话虽这么说,人们还是说他有起死回生的本领。

这一次,扁鹊见了齐桓公午,对他说:"主公有病,病在皮肤,要是不及时医治,病就会厉害起来的。"齐桓公午挺一挺胸脯,使劲地弯了弯胳膊,说:"我没有病。"他送出了扁鹊,对左右[1]说:"做医生的就想赚钱,人家没有病,他也想治。"过了五天,扁鹊再见了齐桓公午,说:"主公有病,病在血脉,要是不医治,病准会严重起来的。"齐桓公午摇摇头说:"我没有病。"他有点儿不高兴。又过了五天,扁鹊特地再来看齐桓公午,说:"主公有病,病在肠胃里,再不医治,病还会加重。"齐桓公午很不高兴,干脆不搭理他。扁鹊只好退出去了。又过了五天,扁鹊再来看桓公午。他见了齐桓公午,一句话也没说,就退出去了。齐桓公午叫人去问他,他说:"病在皮肤,用热水一焐(wù)就能好;

---

[1] 左右:身边跟随的人。——编者注

病到了血脉里,还可以用针灸治疗;病到了肠胃里,药酒还及得到;现在病入了骨髓(suǐ),没法儿治了。"到了第二十天,齐桓公午真的病倒了。他赶紧派人去请扁鹊,可哪儿也找不到他。齐桓公午躺了几天就死了。

扁鹊注重医学和治病的经验。他最反对用巫术给人治病。他说:"一个人相信巫术,不相信医药,那个病就没法儿治。"这么有本领的一位民间医生,受到方士和巫婆们的攻击,因为他们把扁鹊看成死对头。最气人的是,他还遭到了大医官的忌妒。秦国有个大医官李醯(xī),他知道自己的技术比不上扁鹊,怕扁鹊的名声比自己大,怕自己的名望和地位受到影响,就派人偷偷地跟着扁鹊,把扁鹊刺杀了。

齐桓公午不听扁鹊的话,害病死了。他儿子田因齐即位,就是齐威王。

公元前379年,齐康公死在海岛上,恰巧他没有儿子,原来的齐国断了线。齐国君主本来姓姜,是姜太公的后代。打公元前356年齐威王即位以后,齐国虽然还叫齐国,可是已经是新兴的田家的齐国了。

不受蒙蔽

齐威王有点儿像当初楚庄王刚即位时候的派头,一个劲儿地吃喝玩乐,不把国家大事搁在心上。人家楚庄王"三年不飞,一飞冲天;三年不鸣,一鸣惊人"。可是齐威王呢,一连九年也不飞不鸣。在这九年当中,韩国、赵国、魏国时常侵犯齐国,齐威王也不着急,打了败仗他也无所谓。他还不准大臣们去劝告他。

有一天,有个琴师求见齐威王。他说他是本国人,叫邹(zōu)忌,听说齐威王爱听音乐,特来拜见。齐威王一听来人是个琴师,就叫他进来。邹忌拜见了国君之后,把琴放好,调好弦儿像要弹的样子,可是他把两只手搁在琴弦上不动了。齐威王问他:"你调了弦儿,怎么不弹哪?"邹忌说:"我不光会弹琴,还懂得弹琴的一套大道理呢。"齐威王虽说也能弹琴,可是他不知道弹琴还有什么道理,就叫他细细地讲讲。

邹忌就开始讲弹琴的理论,讲得天花乱坠,越讲越玄。这些话齐威王有听得懂的,也有听不懂的。他听着听着,不耐烦起来了,对邹忌说:"你说得挺好,挺对,可是你为什么不弹给我听听呢?"邹忌说:"大王瞧我拿着琴不弹,有点儿不乐意吧?怪不得齐国人瞧见大王拿着齐国这张大琴,九年来没弹过一回,都有点不乐意了!"齐威王站起来说:"原来先生拿弹琴这事来劝告我。我明白了。"他叫人把琴拿下去,就和邹忌谈论起国家大事来了。邹忌劝他搜罗人才,重用有能耐的人,增加生产,节省财物,训练兵马,以建立霸主的事业。齐威王听得非常高兴,就拜邹忌为相国,帮助他加紧整顿朝廷的事务,管理全国各地的官吏。

齐威王在相国邹忌的辅助下,果然把齐国治理得井井有条。全国上下都说他是个英明的君主。齐威王非

邹忌鼓琴取相

常得意，可邹忌心里暗暗担忧。他怕齐威王从此骄傲起来，就想找个机会提醒提醒他。

有一天，邹忌早上起来，穿好衣服，戴上帽子，对着镜子瞧瞧，觉得自己长得很漂亮，心里很得意。他就问妻子："我跟城北的徐公比起来，哪个漂亮？"徐公的漂亮是出了名的，全国的人都把他当作美男子。听邹忌这么一问，他的妻子说："徐公哪儿比得上您哪！"邹忌不大相信，又问他的小妾："我跟徐公比，到底哪个漂亮？"那个小妾说："徐公怎么能跟您比呢？当然是您漂亮啊。"

过了一会儿，来了一位客人，两个人坐着聊天。那位客人是来向邹忌借钱的。谈话中，邹忌问他："我跟徐公比，哪个漂亮？"客人说："您漂亮，徐公比不上您！"

第二天，巧极了，城北徐公来拜访邹忌。邹忌一看徐公，愣了，天下真有这么漂亮的男子！他觉得自己比不上徐公。他偷偷地照照镜子，再瞅瞅徐公，越发觉得自己的长相比徐公差得远了。

到了晚上，邹忌躺在床上琢磨来琢磨去，悟出了一个道理。第二天一清早，他去见齐威王，把他是怎么问的，妻子、小妾、客人是怎么答的，说了一遍。齐威王听得笑了起来，问邹忌："那么你自己说说看，你跟徐公相比，到底谁漂亮呢？"邹忌说："我哪儿比得上徐公啊！我的妻子说我美，是因为她偏向我；我的小妾说我美，是因为她平日怕我；我的朋友说我美，是因为他有求于我。"齐威王点点头："你说得很对。听了别人的话，是得好好想一想他们说的对不对，要不就可能受到蒙蔽了。"邹忌说："是呀，我想齐国有一千多里土地，一百二十个城邑。王宫里的美女和伺候大王的人，没有一个不想讨大王喜欢的；朝廷上的臣子，没有一个不害怕大王的；全国各地的人，没有一个不想得到大王的照顾的。从这些情况看来，大王是很容易受到蒙蔽的。"

齐威王听了邹忌的话，觉得很有道理。他立刻下了一道命令："不论朝廷大臣、地方官吏和老百姓，能当面指出我的过错的，得上等赏；能用书面指出我的过错的，得中等赏；就是在背后议论我的过错的，也给他下等赏。"

邹忌不但这么规劝齐威王,还细心查问各地的官吏,要弄清楚他们办事办得怎样。朝廷里的很多官员回答他说:"中等的太多了,不知道从哪儿说起。我们只知道太守里头最好的是阿城(在山东阳谷东北)大夫,最坏的要数即墨(在山东平度东南)大夫了。"邹忌就照样地告诉了齐威王。齐威王问起左右,也有不少人说阿城大夫是太守里头数一数二的好人,说那个即墨大夫是太守里头的败类。齐威王怕受到蒙蔽,就暗地里派人到阿城和即墨去实地调查。

不久,齐威王把阿城大夫和即墨大夫召过来。朝廷上的大臣们一琢磨,这还用说吗,一定是叫阿城大夫来领赏,叫即墨大夫来受处分。那些给阿城大夫说好话的都暗暗高兴,若阿城大夫升了官,他们也有好处。那个不懂人情世故、默默无闻的即墨大夫,准得被撤职查办了。

就在那天,文武百官都来朝见齐威王。齐威王叫即墨大夫上来。众人都静悄悄地站着,瞧见殿上放着一口大锅，烧着满满一锅开水，都替即墨大夫捏了一把汗。

齐威王对即墨大夫说："自从你到了即墨，天天有人告你，说你怎么怎么不好。我就派人上即墨去调查。他们到了那边，就瞧见地里长着绿油油的庄稼，老百姓安居乐业。这都是你治理即墨的功劳。你专心一意办事，不和大官们联络，也不送礼给这儿的人，他们就天天说你坏话。像你这种老老实实、勤勤恳恳，不吹牛、不拍马的大夫，咱们齐国能找得出几个呢？今天我特意叫你来，加封你一万家户口的俸禄！"

那些说即墨大夫坏话的人，都觉得自己脸上热辣辣的，脊梁骨冒着凉气，恨不得钻到地底下去。

齐威王回头对阿城大夫说："自从你到了阿城，天天有人夸奖你，说你怎么怎么能干。我就派人到阿城去调查。他们到了那边，就瞧见庄稼地里长满了野草，老百姓面黄肌瘦，连话都不敢说，只是暗地里叹气。这都是你治理阿城的罪恶！你为了欺压小民，装满自己的腰包，接连不断地给我手下的人送礼，叫他们替你说好话。他们就恨不得把你捧上天去。像你这种专仗着行贿、巴结上司的贪官污吏，要是再不惩办，国家还成体统吗？——把他扔到大锅里去！"

武士们就把阿城大夫扔到大锅里煮了。吓得那些受过阿城大夫好处的人好像自己也被扔到大锅里一样，一个个站不住了。他们一会儿换换左脚，一会儿换换右脚，一会儿擦擦脑门子上的汗珠，一会儿挠挠脖颈（gěng）子，愁眉苦脸地站在那儿。

齐威王回头叫那些平日颠倒是非的人过来，责备他们说："我在宫里怎么能知道外边的事情？你们就是我的耳朵、我的眼睛。可是你们贪赃受贿，昧着良心，把坏的说成好的，把好的说成坏的。这不是比堵住了我的耳朵更糟糕吗？你们简直是打算扎瞎我的眼睛！我要你们这些臣下干什么？——快他们都煮了吧！"

这十几个人吓得跪在地上直磕响头，苦苦地哀求着。齐威王就挑了几个最坏的，把他们办了罪。

这么一来，贪官污吏都害怕了。他们担心国君暗地里派人来调查，怕自己被扔到大锅里。有的确实不敢再为非作歹了；有的不敢再在齐国待着，跑到别国去了。

邹忌又对齐威王说:"从前齐桓公、晋文公当霸主,都是借着天王的名义号召列国诸侯的。当今周王室虽说是衰弱了,可是还留着天王的名义。大王要是去朝见天王,奉了他的命令去号令诸侯,就能当上霸主了。"齐威王说:"我已经称王了,哪儿还能去朝见另一个王呢?"邹忌说:"他是天王啊。只要在朝见的时候,您暂且自称齐侯,天王必然高兴,您还不是要怎么着就怎么着吗?"齐威王就亲自上成周去朝见周烈王。周烈王果然挺高兴的,赏给他几件珍宝。齐威王从成周回来,沿路听到的都是称赞他的话,乐得他满面笑容,装着一肚子的得意回到齐国。

商鞅变法

三家分晋,兴起了魏、赵、韩三个诸侯国;田氏做了诸侯,姓姜的齐国变成了姓田的齐国。这四个国家都是新起来的诸侯国。这前后,有好些个小国都被大国兼并了。宋国和鲁国虽说没被兼并,却默默无闻,连自己也承认是弱国。越国自从勾践死了之后,慢慢地衰败了,它在南方的地位又被楚国夺了去。到这时候,有实力的大国只剩下七个:齐、楚、燕、秦、赵、魏、韩。这七国称为"战国七雄"。

齐威王朝见了天王之后,楚、魏、赵、韩、燕五国公推他为霸主。只有秦国在西方，中原诸侯还是把它当作戎族看待，没跟它来往。秦国在政治、经济、文化各方面也确实比中原诸侯国落后，又让新兴的魏国夺去了河西一大片地方。这种形势逼得秦国不得不进行改革。

公元前361年，秦国的新君秦孝公即位。秦孝公打算向中原伸展势力。他为了搜罗人才，就下了一道命令："不论是本国人还是外来的客人，谁能想办法让秦国富强起来的，就重用他，封给他土地和户口。"这么一来，不少有才干的人都跑到秦国来找出路了。

秦孝公这道搜罗人才的命令，吸引了卫国一个贵族，名叫卫鞅（yāng）。他跑到秦国，托人引见，得到了秦孝公的重用。卫鞅对秦孝公说："一个国家要打算富，必须注重农业；要打算强，必须奖励将士；要打算把国家治好，就必须有赏有罚。有赏有罚，朝廷才有威信，改革也就容易了。"秦孝公完全同意，就命他改革制度。

秦国的贵族和大臣们一听到秦孝公重用卫鞅，打算

商鞅

改革制度,并提高农民和将士的地位,都表示反对,弄得秦孝公很为难。他完全赞成卫鞅的办法,但是反对的人这么多,自己刚即位,怕闹出乱子来,只好把改革制度的事暂时搁一搁。过了两年多,他越想越觉得改革制度对秦国有好处,而且自己的君位也坐稳了,就拜卫鞅为左庶(shù)长(秦国官职名),对大臣们说:"从今天起,改革制度的事全由左庶长拿主意。谁违抗他,就是违抗我!"那些反对的人听了这道命令,脖子短了一截,不敢再说话了。

公元前359年(秦孝公三年),卫鞅起草了一个改革的法令,送给秦孝公看。秦孝公完全同意,叫他去发布告,让全国的人都依着新法令办事。卫鞅担心老百姓不信任他,不把新法令当作一回事儿,就叫人在南门立了一根木头,出了一个命令:"谁能把这根木头扛到北门,就赏他十两金子。"

一会儿工夫,南门口围了一大堆人,大伙儿交头接耳,议论纷纷。有的说:"这根木头谁都拿得动,哪儿用得着十两金子?"有的说:"这大概是左庶长成心跟咱们开玩笑吧。"大伙儿瞧瞧木头,又瞧瞧别人,都想瞧瞧谁有这傻劲儿去上当。卫鞅听说净是瞧热闹的,没有一个肯扛的。他一下子就把赏金加到原来的五倍,说:"谁能把这根木头扛到北门去的,赏他五十两金子。"没想到赏金越高,看热闹的人越觉得不符合情理,大伙儿对这根木头连碰都不敢碰,更别说扛了。

正在大伙儿疑神疑鬼的时候,忽然人群里钻出一个人来。他歪着脑袋打量着那根木头有多沉,然后说:"我扛得动,我去扛!"他真把木头扛起来就走。大伙儿闪开一条道儿,好像小孩子看耍猴儿似的嘻嘻哈哈跟在后头,一直跟到北门。卫鞅叫人传话,对扛木头的人说:"你听从朝廷的命令,真是个奉公守法的好人。"当时就赏给他五十两黄澄澄(dēng)的金子,一两也不少。瞧热闹的人一见他真得了赏,都愣了。他们都后悔刚才没扛,错过了机会。要是明天再有木头,傻蛋才不扛啊!这件新闻立刻传了开去,一下子全国都知道了。老百姓都说:"左庶长真是说到哪儿应到哪儿,他的命令就是命令。"

说秦君卫鞅变法

第二天，大伙儿又跑到城门口去看有没有木头。这回换了个新花样，木头没有了，在立木头的地方立着一个挺大的告示。他们都不识字，看了也不懂，好在有个小官儿念给他们听。念出来的东西也有人听得懂，有人听不懂。可是他们知道左庶长的命令就是命令，都得服从。

新的法令一共就三条：

一、实行保甲制度。每五家人家编为"一伍"，十家编为"一什"。一伍一什互相监督。一家有罪，其余九家应当告发。不告发的和罪人同样有罪，告发的和杀敌人同样有功。每个居民必须领取居民凭证，没有凭证的不能来往，不能住店。

二、奖励杀敌立功。官职的大小和爵位的高低，拿杀敌多少和立功大小作为标准。杀一个敌人记功一分，升一级。功劳大的地位高。田地、住宅、车马、奴婢、衣服等，随地位的高低分等级享受。没有在军事上立过功的人，就是有钱也不得铺张。贵族也得看打仗的功劳定爵位的高低。

三、奖励农业生产。老百姓多生产粮食和布帛（bó）的，免除官差；凡是因为做买卖和因为懒惰而贫穷的，连同妻子、儿女一概没入官府为奴婢。弟兄成年了就应当分家，各立门户，各缴各的人头税。不愿分家的，每个成人加倍付税。

新法令公布之后，秦国发生了极大的变化。没有军功的贵族领主失去了特权，他们即使有钱，也不过是个富户，在政治上没有地位。立军功的有赏，最高的赏是封侯。但是封了侯也只能在封地里征收租税，不能直接管理百姓。这么一来，贵族领主制度的秦国，从此变成了地主制度的秦国。这么巨大的变化引起了贵族领主的反对。秦孝公坚决地信任卫鞅，处罚了那些反对新法令的大臣。

这么过了三年，老百姓开始认识到新法令真是好。生产增加了，生活也有所改善。老百姓最满意的是增加生产可以免除官差这一条。大家宁可多努力耕种和纺织，多生产粮食和布帛，谁也不愿意离开家庭、田园、妻子、儿女，被征发到远地去当差。将士们呢，因为提高了待遇，立了军功就能升级，都愿意做个勇敢的战士。

秦国自从卫鞅变法以后，农业生产增加了，军事力量强大了，连着进攻魏国的西部，从河西打到河东，把魏国的都城安邑也打了下来。公元前350年，原来算是头等强国的魏国不得不跟秦国讲和。秦孝公为了进一步推进变法，也愿意做些让步，和魏惠王订立了盟约，把河西大部分的地方和安邑退还给魏国。秦孝公用的是长线放远鹞（yào）的手段。魏惠王认为秦孝公心眼儿好，真够朋友，就打消了秦国会来侵犯的顾虑了。

秦孝公跟魏惠王订立盟约之后，就叫卫鞅实行更大规模的改革，最重要的有下列三项：

一、开辟阡（qiān）陌（mò）封疆。"阡陌"是供兵车来往的田间大路。春秋时代打仗多用兵车，到了战国时代，各国打仗大都用步兵、骑兵，很少用兵车了。因此，东方各国早已陆续把阡陌开辟成了田地。这会儿，秦国除了田间必要的走道以外，把宽阔的阡陌一概铲平，种上庄稼。"封疆"是贵族领主作为划分疆界和防守用的土堆、荒地、树林、沟渠等。现在把这些土地也都开垦起来，作为耕种地。谁开垦的土地，归谁所有。田地可以自由买卖。

二、建立县一级的统治机构。除了领主贵族所占领的封邑以外，在没有建立县的地区，把市镇和乡村合并起来，组织成大县。每县设置一个县令，主管全县的事；县令还有助理，叫县丞。县令和县丞都由朝廷直接任命。这种由朝廷直接统治的地方机构，一共建立了四十一个。

三、迁都咸阳。为了便于向东发展，把国都从原来的栎阳（在陕西富平东南）迁移到了渭河北面的咸阳。

这第二步的大改革当然也有人反对。据说有一回，在一天之内就杀了七百多个反对改革的人，血把渭河的水都染红了。没想到第四年，太子也犯了法，居然也批评起新法来了。这真叫卫鞅为难。他对秦孝公说："国家的法令必须上下一律遵守。要是上头的人不遵守，底下的人可就不信任朝廷了。太子犯法，他的老师应当替他受罚。"秦孝公叫卫鞅瞧着办。卫鞅就把太子的两个老师都治了罪：公子虔被割了鼻子，公孙贾脸上被刺了字。这样一来，其余的大臣更不敢批评新法了。

秦国土地广，人口不太多，邻近的"三晋"土地少，人口密。卫鞅就请秦孝公出了赏格，叫邻国的农民到秦国来种地，给他们田地和住房。秦国本地人必须服兵役，轮流应征。外来的人只要专力于耕种和纺织，完全免服兵役。原来秦国各地的尺有长有短，斗有大有小，斤有轻有重，卫鞅就把全国的度（尺的长短）、量（斗的大小）、衡（斤的轻重）规定了一个标准。这样一统一，老百姓交税、纳租、做买卖，都方便多了。

秦国变法之后，仅仅十几年的时间，就变成了挺富强的国家。周朝的天王周显王打发使者去慰劳秦孝公，封他为"方伯"（一方诸侯的首领）。中原诸侯一看秦国富强了，不能再把人家当作戎族看待，都向秦国贺喜。

后来，秦孝公封卫鞅为侯，把商于（在河南淅川西）一带十五个城封给他，称他为商君。卫鞅就叫商鞅了。那些有心要做霸主的诸侯眼见秦国用了一个卫鞅，变了法，就变成了强国，也学起秦国来，到各处去搜罗人才。

孙膑下山

"三晋"中数魏国最强。魏惠王也学秦孝公的样儿,打算找个"卫鞅"。他花了许多财物来招揽天下豪杰。有个本国人叫庞(páng)涓(juān),来求见魏惠王。相传,他与孙膑都是鬼谷子的门生。孙膑是孙武的后代,对兵法特别有研究。

庞涓见了魏惠王,把自己的学问和用兵的法子说了一说。魏惠王对他说:"咱们的东边有齐国,西边有秦国,南边有韩国、楚国,北边有赵国、燕国。四周都是大国,怎么能在列国之中站得住脚呢?"庞涓说:"大王要是让我做将军的话,我敢说,就是把他们灭了也不

鬼谷子

难,还用得着怕他们吗?"魏惠王很高兴,就拜他为大将。庞涓的儿子庞英和侄儿庞葱、庞茅全当了将军。

这一批庞家将倒是人人卖力气,天天操练兵马,准备跟列国打仗。魏惠王听了庞涓的话,先从软弱的卫国和宋国下手,一连气打了几个胜仗,吓得卫国、宋国、鲁国都去朝见魏惠王,向他低头服软。只是齐国很不服气,不但不去朝见,反倒发兵来攻打魏国。庞涓把齐国的兵马打了回去。打这儿起,魏惠王更加信任庞涓了。

正在这时候,墨子的门生禽滑(gǔ)釐(xī)云游天下,到了鬼谷。孙膑像伺候老师似的招待着他,他心里已经很喜欢了,又听了孙膑的谈论,看了他的举动,更觉得他是个人才。墨子一派的人是反对战争的。禽滑釐想:要是孙膑能够下山去做个将军,劝国君注意防守,不让别国打进来,打仗的事就能减少。他就对孙膑说:"你的学问已经很有根底了,该出去做事了,不该一直待在山上。"孙膑说:"我的同窗好友庞涓初下山的时候跟我约定,他有了事情做,一定替我引见。听说他已经到了魏国,我正等着他的信哪。"禽滑釐惊奇地说:

"庞涓已经做了魏国的大将，怎么还不来叫你呢？我到了那边给你打听打听吧。"

禽滑釐到了魏国，跟魏惠王说起了孙膑的学问。魏惠王就对庞涓说："听说将军有位同学叫孙膑，有人说他是兵法家孙武子的后代，只有他知道十三篇兵法的秘诀。将军为什么不把他请来呢？"庞涓回答说："我也知道孙膑的才能。可有一样，他是齐国人，亲戚、本家全在齐国。咱们请他来做将军，万一以后两国有冲突，他先给齐国打算，那怎么办呢？"魏惠王有点不认同地说："这么说来，不是本国的人就不能用了吗？"庞涓不好意思再反对，就说："大王要叫他来，那我就写信给他吧。"

魏惠王派人拿了庞涓的信去请孙膑，孙膑很高兴地下了山，来到魏国，先见过庞涓，感谢他的好意推荐。庞涓就留他住在一起。第二天，他们一块儿去朝见魏惠王。魏惠王和孙膑谈论之后，就要拜他为副军师，跟正军师庞涓一同执掌兵权。庞涓觉得不太妥当。他说："孙膑是我的兄长，再说他的才能比我强，哪儿能屈居于我的手底下呀？我说，不如暂且委屈他做个客卿，等他立了功，有了威望，我就让位，当他的助手。"魏惠王就请孙膑为客卿。拿职务来说，客卿并没有实权，按地位来说，客卿比臣下要高一等。孙膑非常感激庞涓替他安排得这么周到。两个同窗好友就都在魏国做事了。

庞涓背地里对孙膑说："你一家人都在齐国，你怎么不把他们接来呢？你既然在这儿做了官，一家人总该团聚在一起。"孙膑掉着眼泪说："你我虽是同学，可是你哪儿知道我家里的事啊！我四岁的时候，母亲死了，九岁的时候，父亲又死了，从小由叔父养大。叔父孙乔当过齐国的大夫，后来田太公把国君送到海岛上去，一些旧日的臣下死的死，被杀的杀，被轰走的轰走。我们孙家的人也就这么分散了。后来我叔父带着我的叔伯哥哥孙平、孙卓连我一块儿逃到洛阳。谁知道到了那边又赶上了荒年，我只好给人家当使唤人。末了，我叔父和叔伯哥哥也不知道上哪儿去了。我就独自流落在外头。直到现在，我还是个孤苦伶仃的光杆儿，哪儿还有家人哪？"庞涓听了记在心里，还直叹气。

大约过了半年光景，有一天，有个齐国口音的人来找孙膑，孙膑问了问他的来历，他说："我叫丁义，一向在洛阳做买卖。令兄有一封信，托我送到鬼谷。我到了那边，听说先生已经做了大官，我才找到这儿来。"丁义说着，拿出信来交给孙膑。孙膑一瞧，原来是他的叔伯哥哥孙平和孙卓来的信。大意说他们从洛阳到了宋国；叔父已经死了；如今齐王正把旧日的臣下召回国去，他们准备回去；叫孙膑也回齐国去，重新创家立业，好让孙家一族的人团聚。此外，还说了一些流落外乡，多年没上坟的话，真是一封悲伤的家信。

孙膑念完之后，哭了一场。丁义劝了他半天，又说："你哥哥叫我劝你快点儿回去，一家人可以团聚。在这兵荒马乱的日子里，能够在一块儿，就是苦些也是值得的。"孙膑说："我已经在这儿做了客卿，哪儿能随便走啊？"他招待了丁义，写了一封回信，托他带回去。

没想到孙膑的回信被魏国人搜了出来，并交给了魏惠王。魏惠王对庞涓说："孙膑想念齐国，该怎么办呢？"庞涓说："父母之邦，谁能忘怀？要是他回到齐国,当了齐国的将军,就要跟咱们争高低了。我想还是先让我去劝劝他。要是他愿意留在这儿的话,大王就重用他,加他的俸禄。万一他不干的话,那么,既然是我荐举来的,大王还是交给我去处置吧!"

庞涓拜别了魏惠王,立刻去见孙膑,问他:"听说你接到了一封家信,有没有这回事?"孙膑说:"有这回事。我叔伯哥哥叫我回老家去,可是我怎么能离开这儿呢?"庞涓说:"你离家也有好些年了,怎么不向大王请一两个月的假,回去上了坟,马上回来,不是两全其美吗?"孙膑摇着头说:"我不是没想过,可是我怕大王起疑,不敢提。"庞涓说:"那怕什么?有我呢!"

孙膑听了庞涓的话,就真上了一个奏章,说是要请假回齐国上坟去。魏惠王正怕他私通齐国,如今他果然要回齐国去,可见他有心背叛魏国了,当时就生了气,骂他私通齐国,叫左右之人把他押解到军师府庞涓那儿去审问。庞涓一见孙膑受了冤屈,直叨叨自己不该让他去上那个奏章,还安慰他说:"大哥不要害怕,我这就给你去说。"

庞涓当时就出去了。过了一会儿，他慌里慌张地回来，跺着脚对孙膑说："大王十分恼怒，非要把你定死罪不可。我什么话都说到了，再三再四地磕头求情，总算保全了大哥的性命，可是必须把膝盖骨剜（wān）掉，再在脸上刺字。这是魏国的法令，我实在不能再求了。"孙膑哭着说："虽然要受刑罚，但总算免了死罪。你这么给我出力，帮我的忙，我一辈子也忘不了你的大恩。"

庞涓叹了一口气，吩咐刀斧手把孙膑绑上，剜去两块膝盖骨。孙膑大叫一声，昏过去了。刀斧手又在他的脸上刺了字。过了一会儿，孙膑慢慢地苏醒过来，只见庞涓愁眉苦脸地给他上药。接着，庞涓叫人把他抬到自己的屋里，一天三顿饭全由庞涓供给，还不断地给他换药。这么过了一个多月，膝盖上的创口好了，可是他变成了一个瘸（qué）子，只能爬着走路了。

孙膑成了残疾，只能靠着庞涓过日子，心里老觉着对不起人家。有一天，庞涓对他说："大哥，你那祖传的十三篇兵法，能不能凭着记忆写出来？不但能给我拜读拜读，还能传留后世，给你孙家扬名。"孙膑恨不得做点儿事情以报答庞涓。那十三篇兵法，据说是鬼谷子传给孙膑的，孙膑早就背得滚瓜烂熟。庞涓这么一要求，孙膑就满口答应了。

打这时起，孙膑开始默写他祖先的兵书来了。可是，那个时候写东西是用漆写在竹简上的，不像现在用墨写在纸上那么方便。再说孙膑心里烦得慌，天天唉声叹气的，哪儿能专心默写呢？写了足有一个多月，还没写出几篇。伺候孙膑的那个老头儿叫诚儿，他见孙膑受了冤屈，倒挺可怜他的，时常劝他歇息，不要老坐着辛辛苦苦地写。

有一天，庞涓把诚儿叫去，问他："孙膑每天写多少？"诚儿说："孙先生身子不好，躺的时候多，坐的时候少，一天只能写三五行。我瞧着他在竹简上写字可费劲啦。"庞涓一听冒了火儿，骂着说："这么慢条斯理的，要写到什么时候啊！你该催着他，叫他加紧点儿！"诚儿嘴里答应着，可心里不明白。他想："干吗一个劲儿催他呢？"可巧伺候庞涓的一个手下人来了，诚儿悄悄问他:"嗨,小哥!我跟你打听件事儿。军师干吗老催着孙先生写那玩意儿?"那个手下人说:"傻瓜,你还不知道吗?军师为了要得到那部兵书,才留着他的命。等到兵书写完,他的命也就完了。你可千万别跟人说!"

诚儿听了,替孙膑捏了一把汗。他就偷偷地告诉了孙膑。孙膑到了这时候才明白过来,心想:"原来庞涓是这么一个人!我哪儿能把兵书传给他啊!唉,我真瞎了眼睛,交上了这么一个人面兽心的东西!"他又想:"要是我不写,他一定会弄死我。这怎么办呢?"

他越想越气,越气越没有主意,急得直流眼泪,一下子闭过气去。等到缓过气来,他瞪着两只大眼睛,连喊带叫,把屋子里的东西全扔在地上,把他写好了的兵书抽了好几片扔在火里烧了,即便是没烧的,也没有一篇是全的了。吓得诚儿赶紧跑去报告庞涓说:"不好了!孙先生疯了!"

庞涓亲自来看孙膑,就见他趴在地上哈哈大笑,笑完了又哭。庞涓叫了他一声,他就冲着庞涓一个劲儿磕头,哭着说:"鬼谷老师,救命啊,救命啊!"庞涓说:

"你认错人了,我是庞涓!"孙膑拉着庞涓的衣服不放,嘴里胡喊乱叫。庞涓怕他是装疯,就叫人把他揪到猪圈里。孙膑披头散发,趴在猪圈里睡着了。庞涓派人暗地里给他送饭。那个人小声地对他说:"孙先生,我知道您的冤屈。这会儿我瞒着军师,给您送点儿酒饭来,请吃吧。这是我一点儿心意。"那人说着直唉声叹气,还挤出了几滴眼泪。孙膑伸了伸舌头,做着鬼脸,把送来的酒和饭都倒在地上,骂着说:"呸,谁吃这脏东西?我自己做的比你那个好得多了。"说着,他抓了一把猪粪,团成一个圆球,往嘴里塞。庞涓知道了这件事,说:"想不到他真疯了。"

打这儿起,孙膑住在猪圈里,哭一会儿,笑一会儿,有时候爬到外边晒晒太阳,到了晚上又爬到猪圈里睡觉。庞涓叫人给他一点儿吃的,让他疯疯癫癫地爬进爬出。庞涓还想等孙膑好起来给他写那部兵书呢。要是孙膑到街上去,庞涓就派人跟着他。后来庞涓嘱咐人天天把孙膑的行踪向他报告。人人都知道孙膑是个疯子,两条腿也不能走道儿,都挺可怜他的。有的人还给他吃

孙膑佯狂脱祸

的，他高兴了，就吃点儿，一不高兴，嘴里嘟嘟囔囔地叨唠一阵，把吃的倒在身上。他变成一个迷里迷糊、又脏又可怜的疯子了，知道他的人都替他惋惜，说他当初还是不下山的好。

马陵道上

孙膑老躺在街上,有人跟他说话他也不理。有一天,天已经黑了,他觉得有人揪他的衣服。那个人低声地说:"我是禽滑釐,你还认得我吗?我已经把你的冤屈告诉了齐王。齐王打发淳(chún)于髡(kūn)到魏国访问,实际上是来救你的。我们都安排好了,一定把你偷偷地带回齐国,替你报仇。"孙膑一听禽滑釐来了,眼泪好像下雨似的啪嗒啪嗒掉下来。他小声说:"你们可得小心,庞涓天天派人看着我。"禽滑釐给孙膑换上衣服,把他抱上车,那套脏衣服叫一个手下人穿上,让他假装孙膑,披头散发的,两只手捧着脑袋躺在那儿。

第二天，魏惠王招待了齐国的使臣淳于髡，送他一点儿礼物，叫庞涓护送他出境。那天庞涓已经得到了报告，说孙膑还在街上躺着，所以他挺放心地送走了齐国的使臣。淳于髡叫禽滑釐的车马先走一步，自己跟庞涓谈了一会儿天，然后才大大方方地辞别了庞涓，动身走了。过了两天，那个手下人脱去了孙膑的衣服，偷着跑回去了。负责监视的人一见那套脏衣服扔在那儿，孙膑却不见了，赶紧向庞涓报告，说孙膑大概跳河死了。庞涓怕魏惠王查问，就说孙膑淹死了。

淳于髡、禽滑釐带着孙膑到了齐国，大夫田忌亲自到城外去接他。孙膑到了田忌家里，洗个澡，换了衣服，坐着软轱辘车跟着田忌去见齐威王。齐威王听他谈论兵法，真是只恨没早点儿见面，就要封他官职。孙膑推辞说："我一点儿功劳都没有，怎么能受封呢？再说，庞涓要是知道我回到了本国，一定会来找麻烦。我不如不露面，等大王有用得着我的地方，我一定尽力。"齐威王就让孙膑住在田忌家里。孙膑想去谢谢禽滑釐，哪儿知道他早走了。

孙膑打发人去打听叔伯哥哥孙平和孙卓，可哪儿找这两个人去？他这才知道那个送信的人原来是庞涓派人冒充的。哪儿有什么家信和上坟的事，全是庞涓使的鬼主意。

公元前353年，魏惠王派庞涓进攻赵国，围住了赵国国都邯郸。赵国的国君赵成侯派使者去齐国求救，情愿把从魏国拿来的中山国送给齐国作为报答。齐威王知道孙膑的才能，要拜他为大将去救赵国。孙膑推辞说："不行。我是一个残疾人，当了大将会让敌人笑话。大王还是请田大夫为大将吧。"齐威王就拜田忌为大将，孙膑为军师，发兵去救赵国。孙膑对田忌说："目前魏国的兵马已经把邯郸围上了，赵国的将士又不是庞涓的对手。咱们此刻去救邯郸已经晚了，不如在半道上等着，传扬出去说是去打襄陵（魏国地名，在河南睢县西）。庞涓听到了，一定得往回跑。咱们迎头痛击他一顿，准保能把他打败。"田忌就按着这个计策行事了。果然，邯郸的守军抵挡不住庞涓，投降了。庞涓打发人去向魏惠王报告。这时，庞涓忽然听说齐国派田忌攻打襄陵去了,他着急起来,立刻吩咐退兵。刚退到桂陵(在山东菏泽东北)地界,正碰上齐国的兵马。两边一开仗,魏兵就败了。庞涓正在心慌意乱的时候,忽然瞧见一面大旗,上面有个"孙"字。庞涓大叫一声:"这瘸子果然在齐国,我上当了。"被这么一吓,他差点儿从车上摔下来,幸亏庞英、庞葱两路兵马赶到,总算把他救了。庞涓逃了,虽捡了一条命,可是损失了两万多兵马。齐国大军得胜而归,邯郸又归了赵国。

可是,齐国的相国邹忌怕田忌权力太大,就劝齐威王不可把兵权交给他。齐威王起了疑,派人在暗中察看田忌的行动。田忌知道了,索性告了病假,把兵权交了出来。孙膑也辞了军师的职位。

庞涓探听到了这个消息,又抖起精神来了。他说:"如今我可以横行天下了。"那时候,韩国早就把郑国灭了,势力大了起来。赵国要报邯郸的仇,就跟韩国约定一块儿去攻打魏国。庞涓得到这个消息,就请魏惠王先发兵去打韩国。魏惠王仍旧拜庞涓为大将,把全国大部分的兵马都交给他去攻打韩国。

庞涓带领大军到了韩国，打了几回胜仗，眼瞧着要打到韩国的都城了。韩国接连不断地向齐国求救。公元前343年，齐威王重新起用田忌，拜田忌为大将，田婴为副将，孙膑为军师，发兵五万去救韩国。孙膑又使出他的老办法来了，他不去救韩国，直接去打魏国。

庞涓接到了本国告急的信儿，只好退兵赶回去。等到他回到魏国的边境时，齐国的兵马已经进去了。庞涓看了看齐国军队扎过营的地方，发现了齐国的营盘占了很大的地方，叫人数了数地上做饭的炉灶，足够供十万人吃饭用的。庞涓吓得说不出话来，心想："齐国有十万大军进了魏国，一时间怎么也不能把他们打出去。"第二天，庞涓带领大军到了齐国军队第二次扎过营的地方，又数了数炉灶，只有够供五万来人用的了。他想："这是怎么回事？"第三天，继续往回走，他们追到了齐国军队第三次扎过营的地方，仔细数了数炉灶，就剩了供两三万人用的了。庞涓这才放心了，笑着说："还好，还好！齐国人都是胆小的。"庞涓的侄儿庞葱问他："您怎么知道他们胆小呢？"庞涓笑了笑说："什么事情都得仔细琢磨。我三次数了他们的炉灶,就全明白了。十万大军到了魏国,才三天工夫,就逃了一大半。田忌呀田忌!这回是你自己来送死,看你逃到哪儿去!上回桂陵的仇,这回可得报了。"他就吩咐大军整天整宿地按着齐国军队走的路线追上去。

他们一直追到马陵(在河北大名东南),正是天快擦黑的时候。马陵道在两座山的中间,山道旁边就是山涧。这时候正是十月底,晚上没有月亮。庞涓恨不得一步追上齐国的军队,他就吩咐大军顶着星星往下赶。忽然前面的士兵回来报告,说:"前面山道被木头堵住了。"庞涓骂着说:"这也值得喊叫吗?齐国人打算往北逃回齐国去,怕咱们今天晚上追上他们,就堵住了道儿。大伙儿一齐动手把木头搬开不就结了?"庞涓上前亲自指挥士兵搬,就见道旁的树全被砍倒了,只留着一棵最大的没砍。他奇怪为什么单单留着这一棵呢,就上前细细瞧去。那棵树一面刮去了树皮,露出一条又光又白的树瓤(ráng)来,上面影影绰绰(chuò)写着几个大字,但是看不清楚。庞涓就叫小兵拿火来照。有

马陵道万弩射庞涓

几个小兵就点起火把来。庞涓在火光之下,看得非常清楚,上面写的是:"庞涓死此树下!"庞涓心里一急,连忙说:"哎呀!又上当了!"回头对将士们说:"快退!快……"第二个"退"字还没说出来,也不知道有多少支箭,就像下大雨似的冲他射过来,他就这么送了命。原来孙膑成心天天减少炉灶的数目,目的就是引诱庞涓追上来,早就算准了庞涓到这儿的时辰。他在左右埋伏着五百名弓箭手,吩咐他们说:"一见树下起了火光,就一齐放箭。"

一会儿,山前山后,山左山右,全是齐国的士兵,把魏兵杀得连山道都变成了血河,直闹到东方发白,才安静下来。魏国的士兵不是投降了,就是跑了,那些没投降、没跑了的全都躺在地上,再也起不来了。齐国的军队带着俘虏和战利品从原道回去。走了一程,碰见了魏国后队的兵马,领队的将军正是庞涓的侄儿庞葱。孙膑叫人挑着庞涓的人头给他瞧,庞葱立刻下马跪着求饶。孙膑对他说:"我给你一条活路,赶紧回去,叫魏王上表朝贡。要不然,魏国的宗庙也保不住啦!"庞葱连连磕头，捧着脑袋逃回去了。

魏惠王打了个大败仗，只好打发使者向齐国朝贡，韩国和赵国的国君更加感激齐国，都去朝贺。齐国的威名打这时起就大了起来。相国邹忌告了病假，交出了相印。齐威王就拜田忌为相国，还要加封孙膑。孙膑不愿受封，他亲手把十三篇兵法写出来，献给齐威王，然后辞了官职，隐居起来了。

悬梁刺股

齐国用孙膑的计策，大败魏军之后，过了五年（公元前338年），秦孝公得病死了。太子即位，就是秦惠文王。秦惠文王做太子的时候，因为反对过新法，被商鞅定了罪，他的老师公子虔被割去了鼻子，另一个老师公孙贾脸上被刺了字。如今他当上了国君，公子虔和公孙贾他们就得了势。这一帮人都是商鞅的冤家对头，以前的仇恨可得清算一下。秦惠文王就给商鞅加了个谋叛的罪名，把他杀了。

秦惠文王杀了商鞅，可并没改变商鞅的法令。在战国七雄里边，最强盛的就数秦国。是联合起来抵抗秦国呢，还是联合秦国来保存自己，六国诸侯都不能不考虑这个事，于是出现了"合纵"和"连横"两种主张。"连横"就是说，中原诸侯应当跟秦国亲善，形成东西联盟的局面。从地理上看，东西连成一条横线，所以叫"连横"。"合纵"就是说，中原诸侯应当联合起来一同抵抗西方的秦国，形成南北联盟的局面。从地理上看，南北合成一条直线，所以叫"合纵"（"纵"就是"直"或"竖"的意思）。就在这种时势下，出来了两个能说会道的政客，借着合纵、连横的事儿，追名逐利，东游西说，闹得天下鸡犬不宁。

那个借着合纵出名的人叫苏秦。他是洛阳人，本来没有一定的主张，合纵也好，连横也罢，他只打算仗着一张能说会道的嘴，弄个一官半职就行。不论哪个君王，只要给他官做，都可以做他的主子。他想先去见周天王，可是人家不给他在天王跟前推荐，他就改变了主意，上秦国去了。他见了秦惠文王，就说连横怎么好，秦国这样强大，正好一步一步去兼并六国。谁知道

苏秦

秦惠文王自从杀了商鞅之后，就不喜欢外来的客人。秦惠文王听完了苏秦的话，挺客气地回绝了他，说："我的翅膀还没那么硬，哪儿能飞得高呢？先生的话挺有道理。可是我得先准备几年，等到翅膀硬了，再请教先生。"

苏秦碰了个软钉子，却没死心，仍希望秦惠文王用他。他费了好多工夫，写了一封长信，帮秦惠文王出主意，去并吞列国。他把这封长信献给秦惠文王。秦惠文王潦潦草草地看了看，就搁在一边了。苏秦在秦国耐着性子等了一年多，家里带来的盘缠都花光了，身上的衣服也破旧了，眼瞧着再待下去，连吃饭住店的钱也没有了，于是只好回家去了。

苏秦回到家里，仍想着怎么升官发财。他琢磨着："秦国不用我，还可以去找六国。我拿利害去打动六国的君王，难道他们就没有一个肯用我的？"苏秦就开始研究起兵法来了。有时候念书念累了，眼皮粘到一块儿怎么也睁不开，他气急了，骂自己没出息，拿起锥子在大腿上刺了一下（文言叫"刺股"），当时血都流出来了。这一下子，苏秦精神了，接着又念下去。据民间传说，苏秦读书有时候太累了，就趴在案头上打起瞌睡，他想办法不让自己打瞌睡，就拿根绳子，一头吊在房梁上，一头拴住自己的头发。他犯了困，脑袋一顿，头发一揪，就把他揪醒了（文言叫"悬梁"；据记载，苏秦曾经"刺股"，而"悬梁"是汉朝人的故事）。他这么悬梁刺股，苦苦地熬了一年多时间，竟然也读熟了姜太公的兵法，记熟了各国的地形、政治情况、军事力量。他还研究了诸侯的心理，以便当说客时迎合他们，说动他们重用自己。

这时，苏秦觉得自己做官的资本准备得差不多了，就跟他兄弟苏代、苏厉商量说："我的学业已经成功了。天下的富贵只要我一伸手就能拿到。要是你们能给我凑点儿盘缠，能让我周游列国，等到我出头了，我一定推荐你们。"他又把姜太公的兵法和中原列国的形势讲给他们听。两个弟弟被他说服了，拿出钱来送他动身。

苏秦到了燕国，见了国君燕文公，对他说："燕国虽说有两千里土地、几十万士兵、六百辆兵车、六千多名骑兵，可要是跟西边的赵国、南边的齐国一比，就显出力量不够来了。近几年来，赵国强大了，齐国强大了。可是强大的国家老打仗，弱小的燕国反倒太平无事。大王您知道这里头的缘故吗？"燕文公说："不知道。"苏秦说："燕国没受到秦国的侵略，是因为有赵国挡住秦国。秦国离燕国远，就是要来侵犯的话，也必须先路过赵国。因此，秦国决不能越过赵国来打燕国。可是赵国要来打燕国，那就太容易了，早上发兵，下午就能到。大王不跟近邻的赵国交好，反倒把土地送给挺远的秦国，这种做法很不好。要是大王用我的计策，先去跟邻近的赵国订立盟约，然后再去联络中原诸侯一同抵抗秦国。这样，燕国才能够真正安稳。"燕文公很赞成苏秦的办法，但就怕列国诸侯心不齐。苏秦说他愿意先去跟赵国商量。燕文公就供给他礼物、路费、车马和底下人，请他去跟赵国接头。

　　苏秦到了赵国，赵肃侯听到有燕国客人来，亲自去迎接。他对苏秦说："贵客光临，有何指教？"苏秦说："如今中原各国，最强盛的就是赵国，秦国最关注的也是赵国。可是为什么秦国不敢发兵来侵犯，还不是因为西南边有韩国和魏国挡住秦国吗？可有一样，韩国和魏国并没有高山大河可以防守，若是秦国真的发大军去打韩国和魏国的话，这两国很难抵抗。如果韩国、魏国投降了秦国，赵国可就保不住了。我仔细研究了列国的地形和政治，中原列国的土地比秦国大五倍，列国的军队比秦国多十倍。要是赵、韩、魏、燕、齐、楚六国联合起来一同抵抗西方的秦国，还怕打不过它吗？为什么一个一个都断送自己的土地去奉承秦国呢？六国不联合起来，而单独地向秦国割地求和，绝不是办法。要知道六国的土地有限，秦国的贪心不足。要是大王联合诸侯，结为兄弟，订立盟约，不论秦国侵犯哪一国，其余五国一同去帮它。这样，一个孤立的秦国还敢欺负联合起来的六国吗？我说咱们不如约同列国诸侯到洹（huán）水（又叫安阳河，从山西流到河南）来开个大会，商量共同抗秦的大事。"赵肃侯听了苏秦合纵抗秦的计策，完全同意。他就拜苏秦为相国，把赵国的相印交给他，又给了他一百辆车马、一千斤金子、一百双玉璧、一千匹绸缎，叫他去游说各国诸侯。

苏秦当上了赵国的相国，乐得轻飘飘的，好像在云端里似的。他准备先去联络韩国和魏国。刚要动身的时候，赵肃侯召他入朝，说有要事商议。苏秦连忙去见赵肃侯。赵肃侯对他说："刚才边界上来了报告，说秦国进攻魏国，把魏国打败了，魏王向秦国求和，把河北的十座城割让给秦国了。万一秦国侵犯过来怎么办呢？"苏秦心里吓了一跳，他想：要是秦国军队到了赵国，赵国一定会像魏国一样割地求和，他那合纵的计策不就吹了吗？他做官发财的本钱不就没了吗？可苏秦没显出心慌的样子，他很镇静地说："秦国的军队刚打了魏国，已经累了，一时半会儿不会打到这儿来的。万一来了，我也有退兵的办法。"赵肃侯说："既是这样，你先别出去。要是秦国的兵马不过来，到那时候你再动身吧。"苏秦只好留下，请赵肃侯加紧准备，防御敌人。

苏秦回到相府里着实担心。末了，他想出一个法子来：他要利用一个人，叫秦国不来攻打赵国。可有一层，那个人也非常机灵，哪儿能乖乖地让苏秦利用呢？苏秦必须使出很巧妙的高招儿来才行啊。

攻守同盟

苏秦打算利用的那个人,就是他的同学张仪。张仪是魏国人,也跟当初的苏秦一样,是一个穷困潦倒的政客。他求见过魏惠王,魏惠王没用他。他就带着媳妇儿上楚国去求见楚威王。楚威王没见他。末了,他投在令尹(楚国的相国叫令尹)昭阳的门下,做了门客。

有一天,令尹昭阳陪同着客人、家臣们在池子旁边的亭子里喝酒。客人当中有一个说:"听说咱们大王把无价之宝'和氏璧'赏给了令尹。这实在太光荣了。您可不可以把'和氏璧'拿出来让我们见识见识呢?"昭阳挺得意,就把玉璧交给在场的客人,让他们挨着个儿传看。

張儀

為妻婦行竊丈夫名槁
寸舌任爾縱橫

张仪

凡是瞧见"和氏璧"的人没有一个不惊奇、不赞叹的。

正在传着瞧的时候，突然池子里"扑通"一下，蹦出了一条大鱼来，大伙儿都急忙把着窗户瞧。只见那条大鱼又蹦起来，接着又有几条鱼在水面上蹦。一会儿工夫，东北角起了一大片乌云，眼瞧着大雨快来了。昭阳怕客人们被雨截住，赶紧散了席。谁知道那块玉璧没了，也不知道传到哪个人手里了。大伙儿乱了一阵子，到底也没找着。昭阳一肚子的不高兴，又不好意思得罪客人，只得让大家回去。可是他自己的门客得搜一搜。昭阳手下的人见张仪这么穷，就说："偷和氏璧的不是他就没有别的人了。"昭阳也起了疑，叫手下的人拿鞭子抽他，逼他招认。张仪哪儿能招认？他把眼睛一闭，咬着牙，挨了好几百下，被打得浑身没有一处好的。昭阳见他被打得这个样儿，也就算了。有人可怜张仪，就把他送回了家。张仪的媳妇儿一见自己的丈夫被人打得不像样了，哭着说："你不听我的劝，如今被人家欺负到这步田地。要是不想去做官，哪儿能被人打得这样呢？"张仪哼哼着问她："你瞧一瞧，我的舌头还在吗？"

他媳妇儿啐了他一口，说："瞧你说的，被人家打成这个样儿，还逗乐啊！舌头当然还在呢。"张仪说："好！只要舌头没掉，我就不怕，你也可以放心。"他调养了好些日子，回到魏国去了。

张仪在魏国住了半年，听说苏秦在赵国当了相国，打算去投奔他，找个出路。正在这当儿，有个买卖人，大家都管他叫贾舍人，恰巧赶着车马走到门口站住了。张仪出来一问，知道他是从赵国来的，就问他："听说赵国的相国叫苏秦，真的吗？"贾舍人说："先生贵姓？难道您知道我们的相国？"张仪说："我叫张仪，是苏相国的朋友，我们还是同学啊。"贾舍人听了高兴起来，说："哦，失敬，失敬。原来是我们相国的自家人！要是您去见相国，相国准会喜欢，说不定会重用您哪。我这儿的买卖已经完事了，正要回去。要是先生瞧得起我，车马是现成的，咱们在道上也好搭个伴儿。"张仪很高兴，就跟他一块儿到赵国去了。

他们到了城外，刚要进城的时候，贾舍人说："我住在城外，就在这儿跟您告别了。离相府不远的一条街上，有一家客店，靠东有一棵大槐树，一找就能找到。先生到了城里，可以上那儿住几天去，我得了空，一定去拜访您。"张仪千恩万谢地说了声"回头见"，独个儿进城去了。

第二天，张仪就去求见苏秦，可是没有人给他通报。直到第五天，看门的才给他通报。那个人回来说："今天相国特别忙，他说请先生留个住址，改天打发人去请您。"张仪只好留下住址，回到客店等着。没想到一连等了好多天，半点儿消息也没有。张仪不由得生了气，他跟店里掌柜的唠叨了一阵子，说完就准备回家去。可是掌柜的不让他走，他说："您不是说相国要打发人来请您吗？万一他来找您，您走了，叫我们上哪儿找去？"这真叫张仪左右为难了。他向掌柜的打听贾舍人住哪里，他们都说不知道。

就这么又待了几天，张仪再次去求见苏秦，苏秦叫人传出话来，说："明天相见。"到了这时候，张仪的盘缠早花完了，身上穿的也该换季了。相国既然约定相见，总该穿得像样一点儿吧。他向掌柜的借了一套衣裳和鞋帽，第二天，摇摇摆摆地上相府去了。他到了那儿，想着苏秦会跑出来接他。谁知道大门关着，那个看门的叫他从旁边的小门进去。张仪就耐着性子低着头从旁门进去。他到了里边，刚往台阶上一走，就有人拦着他，说："相国的公事还没办完，客人在底下等一等吧！"张仪只好站在廊子下等着。他往上一瞧，就瞧见有几个大官正跟苏秦聊天。好容易走了一批，谁知道接着又来了一批。

张仪站得腿都酸了，看了看太阳，都过了晌午了。正在气闷的当儿，忽然听见堂上喊："张先生有请！"左右的人对张仪说："相国叫你呢！"张仪就整了整帽子，掸了掸衣服，向台阶走去。他想：苏秦见了他，一定会跑下来。万没想到苏秦挺神气地坐在上边，一动也不动。张仪忍气吞声地走上去，向苏秦作了一个揖（yī）。苏秦慢条斯理地站了起来，对他说："好些年不见了，你好吗？"张仪气哼哼地也不搭理他。这时有人禀告说："吃午饭了。"苏秦对张仪说："我因为公事忙，累得你等了这半天。请你就在这儿用点儿便饭，我还有话跟你说呢。"底下人把张仪带下去,请他坐在堂下,跟着摆上一点儿青菜和粗米饭。张仪往上一瞧,就见摆在苏秦面前的全是山珍海味,满满地摆了一桌子。他想不吃,可是肚子"咕噜噜"直叫唤,只好先吃了。

吃了饭,待了一会儿,堂上传话:"张先生有请!"张仪走上去,只见苏秦挪了挪屁股,连站也没站起来。张仪实在忍耐不住,往前走了两步,高声地说:"季子(苏秦,字季子)!我以为你没有忘了朋友,才老远地来看你。没想到你没把我放在眼里,连同学的情义都没有!你……你……你真太势利了!"苏秦微微一笑,对他说:"我道你的才能比我高,总该先出山。哪儿知道你竟穷到这步田地。倒不是我不肯把你推荐给国君,而是……而是我怕你三心二意,不但成不了什么大事,反倒连累了我。"张仪气得鼻子眼儿冒烟,他说:"大丈夫要富贵自己干!难道非叫你推荐不可?"苏秦冷笑着说:"那你何必来求见我呢?好吧,我看在同学的情分上,赞助你一锭金子,请你自己方便吧!"说着就叫底下人递给张仪十两金子。张仪把金子扔在地下,气呼呼地跑

张仪被激往秦邦

出去了。苏秦光是摇摇头，也不留他。

张仪回到客店里，就见自己的行李全都搬在外边了。他问掌柜的："这怎么啦？"掌柜的很恭敬地说："先生见了相国，当上大官儿了，还能住在我们这儿吗？"张仪摇着脑袋说："气死人了！真是岂有此理！"他只好脱下衣裳，换了鞋帽，还给掌柜的。掌柜的问他："怎么啦？"张仪简单地说了说。掌柜的说："难道不是同学？先生有点儿高攀吧？别管这个，那锭金子您总该拿来呀！这儿的房钱、饭钱您还欠着呢。"张仪一听掌柜的提起房钱和饭钱，心里又着急起来了。

正在这当儿，贾舍人可巧来了，见了张仪就说："我忙了这些天，没来看您，真对不起。不知道您见过相国了没有？"张仪垂头丧气地说："哼！这种无情无义的贼子，别提啦！"贾舍人一愣，说："先生为什么骂他？"张仪气得说不出话来。店里掌柜的替他说了一遍，又说："如今张先生的欠账还不上，回家又没有盘缠，我们正替他着急呢。"贾舍人见二人愁眉苦脸，自己也不痛快了，挠了挠头皮，对张仪说："当初是我多嘴，劝先生上这儿来。没想到反倒连累了先生。我情愿替您还这笔账，再把您送回去，好不好？"张仪说："哪儿能这么办呀？再说我也没有脸回去。我心里正打算去秦国，可是……"贾舍人连忙说："啊？先生要到别的地方去，我怕不能奉陪。上秦国去，这可太巧了。我正要上那边去瞧个亲戚，咱们一块儿走吧，现成的车马，又不必另加盘缠，彼此也有个照应。"张仪一听，好像迷路的人忽然来了个领道的，很感激地说："天下还真有您这么侠义心肠的人，真叫那苏秦害臊死了。"他就跟贾舍人结为了知心朋友。

贾舍人替张仪还了账，做了两套衣服，两个人就坐着车马往西去了。他们到了秦国，贾舍人又拿出好些金钱替张仪在秦国朝廷里铺了一条道。秦惠文王正在后悔失去了苏秦，一听说有人推荐张仪，就召他上朝，拜他为客卿。

张仪在秦国做了客卿，先要报答贾舍人的大恩。贾舍人可巧来跟他辞行。张仪流着眼泪说："在我困苦的时候，没有人瞧得起我。只有您是我的知己，屡次三番地帮助了我，要不，我哪儿有今日。咱们有福同享，您怎么能回去呢？"贾舍人笑着说："别再糊涂了！打开天窗说亮话，您的知己不是我。苏相国才是您的知己。"张仪摸不着头脑，说："这是什么话？"贾舍人就咬着耳朵对他说："相国正计划着叫中原列国联合起来，就怕秦国去打赵国，破坏他的计策。他想借重一个亲信的人去执掌秦国的大权。他说这样的人，除了先生没有第二个。他就叫我扮成一个做买卖的，把先生引到赵国。他又怕先生得了一官半职就满足了，特地用了激将法。先生果然发誓要争口气。他就交给我好些金钱，非要让秦王重用先生不可。我是相国手下的门客，如今已经办完了事，得回去报告相国了。"张仪听了，不由得愣住了。过了一会儿，他叹息着说："唉，我自以为聪明机警，想不到一直蒙在鼓里还没觉出来。我哪儿比得上季子啊！请您回去替我向他道谢，他在一天，我绝不让秦王攻打赵国。"

就这么着，两个能说会道的政客，一个搞合纵，一个搞连横，彼此之间首先形成了攻守同盟。

合纵抗秦

贾舍人回去向苏秦报告，苏秦就去对赵肃侯说："秦国绝不敢侵犯赵国，我还是去联合各国诸侯吧。"赵肃侯同意了，给了他好些金钱、车马和底下人，让他到各国去走一趟。苏秦就向韩、魏、齐、楚等国的国君详细说明割地求和的坏处和联合抗秦的好处。他们一个一个都被他说服了，大伙儿都愿意听他的话。

苏秦回到赵国，赵肃侯封他为武安君，又打发使者去邀请齐、楚、魏、韩、燕五国的国君到赵国的洹水来开大会。公元前333年，苏秦和赵肃侯先到了洹水，布置一切。过了几天，五国的国君先后到了。苏秦先跟各国的大夫接头，商量了座位。拿地位来说，楚国和燕国是老前辈，韩国、赵国、魏国和姓田的齐国都是新起来的国家。可是在战争年代，还是拿国家的地盘大小来排次序比较合适。如此一来，楚国最大，齐国第二，魏国第三，赵国第四，燕国第五，韩国最小。其中楚、齐、魏已经称"王"了，赵、燕、韩却还称"侯"，爵位大有差别，怎么能肩并着肩地结为兄弟呢？大家伙儿都觉得这事不好办。这时，苏秦有了主意，他建议六国一概称王。赵王是发起人，也是主人，坐主位，其余按国家大小依次排列。各国君王全都同意了。

到了正式开会的时候，各国君王按照预先议定的座位坐下。苏秦上了台阶，禀告六国的君王说："在座的六国君王，土地广大，人口众多，兵力雄厚。难道愿意低三下四地去给秦王磕头，平白无故把自己的土地一块一块地割给人家吗？"六国的君王听得直点头。苏秦接着说："合纵抗秦的计策，我早就跟各位说过了。如今大家订立盟约，结为兄弟，有困难互相帮助。"六国的君王就拜告天地，写了六份盟约，各国各收藏一份。

赵王提议说："苏秦奔走六国，我们应当封他一个官职，请他专门办理合纵的事，你们看怎么样？"其他五位君王都赞成，就公推他为"纵约长"，把六国的相印都交给他。苏秦赶紧跪在地上，向他们谢了恩。六位君王都欢欢喜喜地回去了。

六国的君王在洹水订立盟约，简直就是向秦国挑战。秦惠文王听说后，对相国公孙衍说："六国合而为一，秦国还有什么发展的希望啊？咱们必须想办法破坏他们的合纵。"公孙衍说："合纵是赵国开头的，大王不如先发兵去打赵国，看谁先去救赵国就先打谁。让六国诸侯知道秦国的厉害，都怕咱们去打他们，他们的合纵就容易拆散了。"

张仪连忙反对，说："六国新近订了盟约，正在兴头上，一下子是拆不散的。要是咱们发兵去打赵国，那么韩、魏、楚、齐、燕一同出兵帮它，咱们该对付哪个好呢？越逼得紧，人家越怕，越害怕就越需要联合

苏秦合纵相六国

起来共同抵抗。还不如用点儿精力去联络他们当中几个国家，跟这几个国君亲善起来。他们必然彼此猜疑。里面起了疑，合纵就容易拆散了。比如说，离咱们最近的是魏国，最远的是燕国。把从魏国拿来的城退还几座给魏国，魏国一定感激大王，当然会来跟咱们和好。另外，如果大王能够把自己的女儿许配给燕国的太子，咱们跟燕国成了亲戚，秦国就不孤立了。秦国先把这最近的和最远的两国拉过来，以后的事情就好办了。"

秦惠文王依了张仪，不进攻赵国，反倒去拉拢魏国和燕国。这两国，一个得到几座城，一个得到了秦国的儿媳妇，眼前已经占够便宜了，果然跟秦国要好起来了。赵王得到了这个消息，就责备纵约长苏秦说："你倡导六国合纵，一同抵抗秦国。如今还不到一年时间，魏国和燕国就被秦国拉过去了。要是秦国这会儿来打赵国，这两国还能帮助咱们吗？合纵还靠得住吗？"苏秦觉得这事情不好办，要是再不想办法挽救，他自己就下不了台了。他说："好吧，我先去燕国，然后再到魏国，非把这两国的事办好不可。"赵王就让他去了。

苏秦到燕国的时候，燕文公已经死了，燕易王即位，见了苏秦，就拜他为相国。这个相国可不容易当，燕易王是故意叫苏秦为难。原来东南边的齐国趁着燕国办丧事，就发兵打过来，夺去了十座城。燕易王对苏秦说："当初先君听了您的话，合纵抗秦，希望六国和好，彼此帮助。先君的尸首还没埋呢，齐国就夺去了我们十座城，洹水的盟约还有什么用处呢？您是纵约长，总得想个办法啊。"苏秦本来是为赵国来责问燕国的，如今倒先得为燕国去责问齐国了。他只好对燕易王说："我去跟齐国要回那十座城，好不好？"燕易王当然欢喜。

苏秦到了齐国，对齐威王说："燕王是大王的同盟，又是秦王的女婿。大王为了贪图十座城，跟他们结下了冤仇。贪小失大，太不值得！要是大王照我的计策办，把这十座城退还给燕国，不但燕王感激大王，就是秦王也一定喜欢。齐国得到了秦国和燕国的信任，大王还能够号召天下建立霸业呢！"这一番话，正说在齐威王的心坎上。他为什么攻打燕国，破坏盟约呢？齐国本来是大国,离着秦国又远,为什么要加入合纵呢?齐威王本打算借着合纵的名义来号召天下,做个霸主。没想到洹水会上,小小的赵国反倒当上了领袖,这哪儿能叫他服气啊?!齐国跟秦国势力差不多,西方的秦国想并吞六国,东方的齐国也不是没有这个念头。齐威王一听到苏秦的计策,就想拿十座城做本钱去收买天下的人心,于是痛快地答应了苏秦,退还了燕国的土地。

燕易王凭着苏秦的一张嘴,收回了十座城,当然很高兴,可是他看到苏秦的声望越来越高,势力越来越大,就对苏秦冷淡起来了。苏秦心里有数,就对燕易王说:"我在这儿对燕国没有多大用处,不如上齐国去,表面上做个齐国的大臣,背地里可以替燕国打算。"燕易王说:"随您的便。"苏秦假装得罪了燕易王,逃到齐国。齐威王正要利用他,就拜他为客卿。没有多少日子,齐威王死了,他儿子即位,就是齐宣王。

齐宣王有两个毛病:一是好色,二是贪财。苏秦就利用他这两个毛病叫他派人去搜罗美女,造起宫殿和花园来,加重捐税来充实国库。苏秦拿孝顺父亲的大帽子叫齐宣王耗费钱财和人力去给齐威王造大坟。苏秦认为若要叫六国同心协力地抗秦，就得让六国的势力一样大。齐国比别的五国强大，破坏了这个均势。因此，他想办法让齐国消耗人力和财力。他这种毒辣的手段虽然把齐宣王蒙住了，可是瞒不了那些机灵的大臣，尤其是老相国田婴的儿子田文（就是孟尝君）。田婴一死，齐宣王重用田文，那些反对苏秦的一帮人以为齐宣王既然重用了田文，一定不再信任苏秦了。他们背地里派人去刺杀了苏秦。这个凭着一张嘴混了半世的政客就这样死了。

苏秦死了之后，他那假装得罪燕王逃到齐国、企图破坏齐国的阴谋，慢慢地从苏秦手下人的嘴里泄露出来。齐宣王这才明白过来，齐国和燕国就又有了仇。公元前314年，燕国起了内乱，齐宣王趁机攻打燕国，杀了燕王，差点儿把燕国灭了。于是齐国的势力就更大了。这还不算，齐宣王还跟楚国结了盟。齐楚两个大国联合起来，秦国可就不能独霸天下了。张仪要实行"连横"，就非把齐国和楚国的联盟拆散不可。他向秦惠文王说明了这个意思，去了楚国。

连横亲秦

张仪到楚国的时候,楚威王的儿子做了国王,就是楚怀王。楚怀王听说秦惠文王拜张仪为相国,担心他为了当初"和氏璧"挨打那事,要向楚国报仇。所以这次一听到张仪要到楚国来,楚怀王就准备好好地招待他。

张仪到了楚国,先拿出贵重的礼物送给楚怀王手下一个最得宠的人靳(jìn)尚,然后去见楚怀王,开门见山地对他说:"如今天下称得起强国的就剩七个,其中最强大的要数齐、楚、秦三国。要是秦国跟齐国联合,那么齐国就比楚国强;要是秦国跟楚国联合,那么楚国就比齐国强。如今秦王特意派我来跟贵国交好,可惜听说大王跟齐国通好,他有什么办法呢?要是大王能下个决心跟齐国绝交,秦王不但跟贵国永远和好,还愿意把商于一带六百里的土地送给贵国。这么一来,贵国可就得了三样好处:第一,增加了六百里的土地;第二,削弱了齐国的势力;第三,得到了秦国的信任。一举三得,请大王决定吧。"

楚怀王是个糊涂虫,经张仪这么一说,就高兴地说:"秦国要是能这么办,我何必一定要拉着齐国不撒手呢?"楚国的大臣们听说能得到六百里的土地,都眉开眼笑地向楚怀王庆贺。此时,忽然有个人站起来说:"这么下去,你们哭都来不及,还庆贺呢!"楚怀王抬眼一看,原来是客卿陈轸(zhěn),就很不高兴地问他:"为什么?"陈轸说:"秦国为什么把六百里的土地送给大王呢?还不是因为大王跟齐国订了盟约吗?楚国有了齐国作为兄弟国,势力就大了,地位也高了,秦国才不敢来欺负。要是大王跟齐国断绝来往,就跟砍去自己的胳膊一样。到那时候,秦国不来欺负楚国才怪呢!大王要是听了张仪的话跟齐国绝交,但要是张仪说话不算话,不交出土地来,请问大王有什么办法?大王不如打发人先去接收商于。等到六百里的土地接收过来之后,再去跟齐国绝交也来得及。"

三闾(lú)大夫(官名,掌管楚国王族三姓的大官)屈原干脆反对跟齐国绝交。他说:"张仪的话不能信,大王可千万别上他的当。"那个收了张仪礼物的靳尚,眯缝着眼睛,反对陈轸和屈原。他说:"要是跟齐国绝交,秦国哪儿能平白无故地给咱们土地啊!"楚怀王点着头说:"那当然!咱们先派人去接收商于吧。"

楚怀王一边派逢(páng)侯丑为使者,跟着张仪到咸阳去接收商于,一边跟齐国绝了交。逢侯丑和张仪到了咸阳,张仪假装摔坏了腿,被接去治疗。逢侯丑足足等了三个月,心里非常着急,只好写信给秦惠文王,说明张仪答应交割土地的事。秦惠文王说:"相国答应了的,我一定照办。可是楚国还没跟齐国完全断绝来往,我哪儿能随便听信片面的话呢?且等相国病好了再说吧。"逢侯丑只好把秦惠文王的话向楚怀王报告。楚怀王说:"难道秦王还不相信我跟齐国绝了交吗?"于是,

伪献地张仪欺楚

连横亲秦

一〇七

他派人去齐国骂齐宣王。齐宣王气极了,立刻打发使臣去见秦惠文王,约他一同进攻楚国。

张仪这才出来和逢侯丑相见,问他:"怎么将军还在这儿,难道那块土地还没交割清楚吗?"逢侯丑说:"秦王要等相国病好了再说。"张仪说:"我把我的六里土地献给楚王,干吗要去跟秦王说呢?"逢侯丑听了,不敢相信自己的耳朵。他说:"我来接收的是商于那边的六百里土地呀!"张仪摇着脑袋说:"怎么可能!秦国的土地全是凭着打仗得来的,哪儿能轻易送人哪?别说六百里,就是六十里也不行。我说的是六里,不是六百里,是我自己的土地,不是秦国的土地。楚王大概听错了吧!"逢侯丑这才知道他原来是个骗子。

逢侯丑回到楚国一报告,楚怀王气得直翻白眼。公元前312年,楚怀王拜屈匄(gài)为大将,逢侯丑为副将,率领十万兵马往西北去征伐秦国。秦惠文王拜魏章为大将,甘茂为副将,也派出了十万兵马去跟楚国交战。秦惠文王同时还叫齐国发兵助战。齐宣王恨楚国无情,也派大将匡(kuāng)章带领五万兵马攻打楚国。楚国受到两面夹攻，一连败了几仗。屈匄、逢侯丑阵亡，十万人马就剩了两三万，连楚国汉中六百多里的土地都被秦国夺了去。韩国、魏国一见楚国打了败仗，都趁火打劫，发兵侵占楚国的边疆。楚怀王急得直挠头皮，只好打发三闾大夫屈原上齐国去谢罪，叫客卿陈轸上秦国兵营去求和，请求退兵，情愿再割让两座城作为礼物。楚从此大伤元气。

秦国的大将派人回去向秦惠文王报告。秦惠文王说："用不着再送两座城，我情愿用商于的土地来调换楚国黔（qián）中（在湖南沅陵西）的土地。要是楚王同意，我们就立刻退兵。"魏章把这话回报了楚怀王。这时候，楚怀王恨的是张仪，倒不在乎土地，就说："用不着调换，只要秦王把张仪交出来，我情愿奉送黔中的土地。"

那些恨张仪的大臣对秦王说："拿一个人换取几百里的土地，太划算了！"秦王说："这哪儿成啊？"张仪说："那有什么呢？死我一个人，得了黔中的土地，我已经够体面了。再说我也许死不了呢。"秦惠文王便让他去楚国了。

张仪到了楚国，楚怀王立刻把他关起来，打算挑个日子，拿他去祭祀太庙。哪知道张仪早已买通了楚怀王左右之人，尤其是靳尚。靳尚又买通了楚怀王最得宠的美人儿郑袖，叫她劝楚怀王放了张仪。就这么着，两个亲信的人，你一言，我一语，把楚怀王说动了。再说他究竟不大愿意把黔中的土地送给人家，就把张仪放回秦国去了。

张仪回到秦国，叫魏章退兵，又劝秦惠文王退还汉中一半的土地，重新跟楚国和好。楚怀王这回满意了，直夸张仪真够朋友。

秦惠文王因为张仪一硬一软地收服了楚国，赏给他五座城，还封他为武信君，叫他去周游列国，布置连横亲秦的计策。张仪先去会见齐宣王，对他说："楚王已经把他女儿许配给秦国的太子，秦王也已经把他女儿许配给楚王的小公子。两个大国结成了亲家。韩、赵、魏、燕四国为了保全自己，一个个都送点儿土地给秦国。如今五国都跟秦国交好，怎么大王还不肯一心一意地跟秦国联在一起呢？要是大王把自己孤立起来，那么，秦王叫韩、魏两国攻打贵国的南边，叫赵国来打临淄（zī）、即墨，秦国自己再发大军，大王可怎么对付呢？到那时候，再跟秦国交好，可就晚了一步了。如今的局势明摆着，谁跟秦国交好，就能平安无事；谁要跟秦国作对，谁就保不住自己。请大王细细地想一想。"齐宣王就被他连拍带吓唬地说服了。

张仪到了赵国，对赵武灵王（赵肃侯的儿子）说："楚国跟秦国做了儿女亲家，韩国早就归附了秦国，齐国也向秦国送礼求和。强大的国家都跟秦国联到一块儿，只有赵国孤单单地四面全是敌人，不是太危险了吗？要是秦王率领着秦、楚、齐、韩、魏几国的大军打进来，把贵国分了，大王可怎么办？"赵武灵王也被张仪吓唬住了。

张仪到了燕国，对新国君燕昭王说："贵国只知道防备赵国的侵犯，可是如今楚、齐、韩、魏、赵全都归顺了秦国，他们还都拿出几座城来送给秦王作为礼物。大王要是孤零零地不去跟秦国联络，秦王只要打发一个使臣，叫赵、韩、魏进攻贵国，贵国还保得住吗？要是大王归顺秦国，就有了靠山，谁还敢来欺负？"燕昭王经他这么一吓唬，就答应把洹水东边的五座城献给秦王。

张仪把齐宣王、赵武灵王、燕昭王说服了，连横亲秦的计策大体上就成功了。他很得意地回到秦国。可他还没到咸阳，秦惠文王就死了。太子即位，就是秦武王。秦武王做太子的时候，就看不惯张仪，平常反对张仪的一些大臣都在秦武王跟前说他的坏话。秦武王就准备不再用张仪。张仪一到咸阳，他手下的人就把这些情况告诉了他。他就对秦武王说："听说齐王特别恨我，说我骗了他，一定要跟我报仇。咱们将计就计，一定能得到好处。我情愿辞去相国的职位，辞别大王上魏国去。齐王如果知道我在魏国，准去攻打。大王就趁着齐国跟魏国打仗的时候，发兵去打韩国。把韩国收下来，就可以直接攻到成周去，周朝的天下就是大王的了。"秦武王正想去看看天王的京都，就赏了张仪三十辆车马，让他去魏国。魏襄王果然很欢迎他，还拜他为相国。

齐宣王当初听了张仪的话，还以为韩、赵、魏已经跟秦国和好了，自己不能不跟他们合在一起，才送礼物给秦国。后来一打听，才知道张仪借着齐国做幌子去威胁别的诸侯，他就耿耿于怀。这会儿听说秦惠文王死了，就叫相国田文通知各国，重新订立盟约，合纵抗秦，自己做了纵约长。齐宣王还出了个赏格："谁拿住张仪，就送他十座城。"这回听说张仪做了魏国的相国，他就发兵去打魏国。

魏襄王十分着急，就跟张仪商量。张仪请他放心。张仪打发自己的心腹冯喜去见齐宣王，对他说："听说大王恨透了张仪，真的吗？"齐宣王说："谁说假的呢？"冯喜说："要是大王真恨他，就不该帮他！"齐宣王瞪着眼睛说："谁帮他来着？"冯喜老老实实地告诉他说："我从咸阳来，听说张仪离开秦国是个计。秦王料着张仪到了魏国，大王一定要跟魏国开仗，他就趁着你们彼此交战的时候去打韩国，然后路过韩国去侵犯成周，夺取天王的地位。秦王这才送给张仪三十辆车马，叫他去魏国。如今大王果然要跟魏国打仗，这不是正好入了他们的圈套吗？"齐宣王拍拍自己的后脑勺，说："哎呀！我差点儿上了他的当了。"他赶紧把军队撤回来，不攻打魏国了。魏襄王就更加信任张仪。张仪没过多少日子得了重病，死在了魏国。

胡服骑射

张仪死了之后,秦武王又想起张仪劝他攻打韩国的话来。公元前307年,秦武王拜甘茂为大将,打下了韩国的宜阳(在河南宜阳)。秦武王到了成周,还没见过周天王,就先去看看周朝的传国之宝——九座大鼎。据说这九座大鼎是大禹时候铸的。那时候中国分为九州,每座鼎代表一州。这九座大鼎从夏朝传到商朝,从商朝传到周朝。秦武王一座一座挨着看过去,只见每座大鼎上都铸着州的名字。他指着"雍州"这座大鼎,说:"雍州就是秦国,这座大鼎是咱们的呀,我想把它搬到咸阳去。"秦武王是个粗人,有点儿蛮力。他把千儿八百斤的大鼎扛了起来，没想到力气接不上，大鼎落下来砸断了他的腿，到了半夜就断了气。

秦武王没有儿子，大臣们把他的一个异母兄弟立为秦王，就是秦昭襄王（也称秦昭王）。秦昭襄王即位以后，竭力拉拢楚国，跟楚怀王做了亲戚，订了盟约。合纵那一头的纵约长齐宣王因此约同韩国和魏国，一块儿去攻打这位退出"合纵抗秦"的楚怀王。楚怀王打发太子横上秦国去做质子[1]，请秦国发兵来帮助。秦昭襄王还真发兵去帮助楚国。那三国的兵马只好退了。没想到太子横在秦国受了欺负，逃回来了。秦国借着这个因由，接连攻打楚国，夺去了好几座城，杀了好几万楚国人。楚怀王只好脱离秦国，重新加入了合纵，还打发太子横上齐国去做质子。楚国跟齐国联合起来，当然对秦国不利。秦昭襄王就很客气地给楚怀王写信，请他到武关（在陕西丹凤）相会，两国君王当面订立盟约，永远和好。

---

1 指古代派往他国去的人质。——编者注

莽赴会楚怀王陷秦

楚怀王接到秦昭襄王的信，对大臣们说："秦王请我去订立盟约。不去呢，怕招他怨恨；去呢，又怕有危险。你们看怎么办好？"大夫屈原从齐国回来的时候，曾经劝楚怀王治死张仪，可是楚怀王听了靳尚和郑袖的话，把张仪放了。这会儿屈原对楚怀王说："秦国残暴得像豺狼，咱们受秦国的欺负也不止一次了。大王一去，准上他的圈套。"靳尚却劝楚怀王去，他说："秦国不是咱们的亲戚吗？因为咱们把亲戚看成敌人，咱们才打了败仗，死了好些士兵，丢了土地。如今秦国愿意跟咱们亲善，咱们不该推辞。"楚怀王的小儿子公子兰也说："我姐姐不是嫁给秦国的太子了吗？秦王的女儿不是嫁给我了吗？两国既然结为亲戚，理当亲善才对。"楚怀王听了靳尚和公子兰的话，到秦国去了。

果然不出屈原所料，秦昭襄王对楚怀王说："你以前答应把黔中的土地让给秦国，这件事直到今天还没办。今天劳你的大驾，等土地交割清楚，就放你回去。"他把楚怀王押在咸阳，叫楚国拿土地来赎。楚国的大臣得了这个信儿，只好从齐国把太子横迎回来，立他为国君,就是楚顷襄王,当时打发使者去通知秦国,说楚国已经有新国君了。秦王恼羞成怒,就派大将白起和副将蒙骜(ào)发兵十万,从武关攻打楚国。这一仗楚国死了五万多人,丢了十六座城。

被押在秦国的楚怀王得到了本国打败仗的消息,背地里直掉眼泪。他在秦国被关押了一年多,后来看守他的人瞧他挺可怜的,再说这种差事也干腻了,慢慢地懈(xiè)怠(dài)起来。楚怀王得了个机会,换了一身衣服,偷偷地逃出了咸阳。他原来打算逃回楚国,可一听说通往楚国的路已经被堵住,东边、南边都跑不了,就抄小道往北跑,一直跑到赵国的边界上。只要赵主父肯收留他,他就有命活了。

楚怀王跑到赵国的边界上,但赵主父偏偏没在本国。这位赵主父就是赵武灵王。他是一个眼光远、胆子大的国君。赵国的大臣楼缓、肥义、公子成,全是他的帮手。

公元前307年,有一天,赵武灵王对楼缓说:"咱

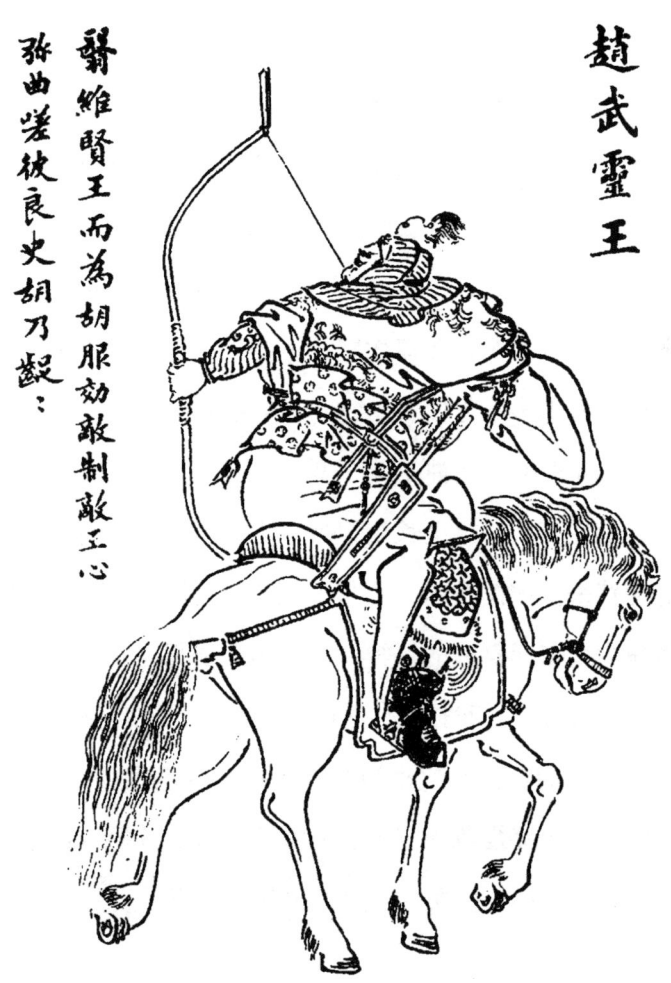

赵武灵王

胡服骑射

一二九

们北边有燕国,东边有东胡,西边有林胡、楼烦[1]、秦韩等国,中间还有中山国。四面八方全是敌人,什么是咱们的保障呢?自己要是再不发愤图强,随时都能被人家灭了。要发愤图强就得做好些事情。我打算从改革服装着手,接着改变打仗的方法。你瞧怎么样?"楼缓说:"可服装怎么改呢?"赵武灵王说:"咱们穿的衣服,袖子太长,腰太肥,领口太宽,下摆太大。穿着这种长袍大褂,做事多不方便。"楼缓把话接过去,说:"还费衣料。"赵武灵王把袖子晃了晃,下摆兜了兜,说:"费衣料倒在其次,穿上长袍大褂,不但做事不方便,而且走起路来摇摇摆摆的,干起活儿来就迟慢了。因此,也就减少了奋起直追的精神。全国的人全都这样,国家哪儿能强得起来?我打算仿照胡人(北方的民族)的风俗,把大袖子的长袍改成小袖儿的短褂,腰里系(jì)一根皮带,脚上穿皮靴。穿上这种衣服,做事方便,走路灵活。你再想摇摇摆摆地走路,也就办不到了。"

---

[1] 东胡、林胡、楼烦,都是指古代北方游牧民族。——编者注

楼缓听得很高兴，说："咱们仿照胡人的穿着，也能学习他们打仗的方法，是不是？"赵武灵王说："是啊！咱们打仗全靠步兵，就是有马，也只知道用马拉车，而不会骑着马打仗。我打算穿胡人那样的衣服，学胡人那样骑马射箭。那多灵活！"楼缓愿意帮着赵武灵王去教导赵国人都这么办。他又去告诉肥义，肥义也很赞成。

第二天上朝的时候，赵武灵王、楼缓和肥义，都穿着小袖子的短衣出来。一班大臣们瞧见他们这个样子，都吓了一跳。他们还以为赵武灵王跟那两位大臣犯了疯病呢。赵武灵王把改变服装的事宣布了。大臣们总觉得这太丢脸了，这不是把中原的文化、礼仪都扔了吗？可是赵武灵王下了决心，非实行不可。他拿种种理由把他那个最顽固的叔叔公子成说服了。大臣们一见公子成也穿上了胡服，只好随着改了。接着，赵武灵王下了一道改革服装的命令。不久，全国上下不分富贵贫贱，全都穿上了胡服。有钱的人起初觉着有点儿不像样，后来因为胡服比起以前的衣服实在方便得多，反倒都爱穿胡服了。

赵武灵王第二件向胡人学习的事，就是骑马射箭。不到一年工夫，赵国的骑兵就训练成了。公元前305年，赵武灵王亲自把邻近的中山国从魏国接收过来，又收服了东胡和邻近的几个部族，接着打发使者去联络秦国、韩国、齐国、楚国。赵国就这么强大起来了。到了公元前300年（实行胡服骑射第七年），不但中山、林胡、楼烦等国都已经被收服了，还进一步扩张了势力，北边一直到代郡、雁门，西边到云中、九原，一下子增加了不少土地。这时，赵武灵王就打算跟秦国比比上下高低了。他老在国外打仗，国内的事由谁管呢？他偏爱小儿子，就把太子废了，传位给小儿子，就是后来的赵惠文王。赵武灵王自称主父，拜肥义为相国，李兑为太傅，公子成为司马，封大儿子为安阳君。国内的政权布置妥当之后，他打算去考察秦国的地理形势，还要去侦察一下如今在位的秦王，看看他是怎样的一个人。

赵主父打扮成使臣的模样，自称"赵招"，带了几十个手下人，去秦国访问，沿路察看山水要道，画成地图。他到了咸阳，以使臣的身份见了秦昭襄王，还向他报告了赵武灵王传位的事情。秦昭襄王问他:"你们的国君老了吗?"他回答说:"正壮年。"秦昭襄王就问:"那为什么要传位呢?"他说:"我们的国王叫太子先练习练习,国家大权仍然在主父手里。"秦昭襄王跟这位"使臣赵招"瞎聊天。他说:"你们怕不怕秦国?""使臣赵招"说:"怕!要是不怕,就用不着改革服装,练习骑马射箭了。好在如今敝国的骑兵比起早先来增加了十多倍,大约能够跟贵国结交了吧!"秦昭襄王听了这话,还挺尊敬他。"使臣赵招"辞别了秦王,回到使馆里去了。

当天晚上,秦昭襄王想起赵国使臣的话,又文雅又强硬,态度又严厉又温和,是个人才。他还想跟他谈谈。第二天,秦昭襄王派人去请他。"使臣赵招"的手下人说:"使臣病了,过几天再去朝见大王吧。"就这么又过了几天。秦昭襄王又派人去请赵国使臣,一定要他去。可是"使臣赵招"不见了,他的随从人员也不见了,只留下一个人,自称是赵国的使臣赵招。他们就把他带到秦昭襄王跟前。秦昭襄王问他:"你既是使臣赵招,那么上次见我的那个使臣又是谁呢?"真赵招说:"是我们的主父。他想见一见大王,特意打扮成使臣。他嘱咐我留在这儿给大王赔罪。"秦昭襄王咬牙切齿地说:"赵主父骗了我!"立刻叫泾阳君和白起带领三千精兵,连夜追上去。他们追到函谷关,守关的将士说:"赵国的使臣已经过去三天了。"泾阳君白跑了一趟,只好回去向秦王报告。秦昭襄王没有办法,索性大方点儿,把那个真赵招也放回去了。

赵主父见过了秦王,又到了云中、代郡、楼烦这几个地方察看。他在灵寿(在河北正定北)造了一座城,叫赵王城。夫人吴娃在肥乡(在河北广平西北)也造了一座城,叫夫人城。就在这个时候,楚怀王从秦国逃到赵国的边界,打算到赵国避难。万没想到赵主父不在,他的儿子赵惠文王怕得罪秦国,就不让楚怀王进去。楚怀王被逼得前无去路,后有追兵,急出了一身冷汗,差点儿晕过去。他还想再往南逃,逃到大梁去,可是秦国的追兵已经赶上来,他又当了俘虏,被带回了咸阳。

这一回再当俘虏叫楚怀王太难堪了,气得他连连吐血，得了重病，没过多少日子就死在了秦国（公元前296年）。秦国把他的灵柩送回楚国。楚国人因为自己的国君被秦国这么欺负，死在外头，都气得不得了。各国诸侯也都觉得秦王太不讲理了，就又重新联合到一块儿合纵抗秦。楚国的三闾大夫屈原更是替楚怀王抱不平，一个劲儿地劝楚顷襄王去给先王报仇。

胡服骑射

屈原投江

楚国的三闾大夫屈原早就看出秦昭襄王没安好心，屡次劝楚怀王，要他联合齐国共同抗秦。可是楚怀王是个糊涂虫，最终听了靳尚、公子兰这一伙人的话，连自己的命都丢了。如今楚顷襄王做了国君，不但没把这批人治罪，反倒重用他们。屈原看着这批人只图眼前安乐，目光短浅，胆儿又小，一味向秦国迁就让步，割地求和，这样做正是拿肥肉去喂老虎，楚国早晚要亡在他们手里。

屈原心里苦闷得没法儿说。他痛恨靳尚、公子兰这批人，认为不能跟他们在一起共事，就打算辞职。可是一想到楚国的处境这么危险，又不忍心就此离开。他劝楚顷襄王收罗人才，远离小人，鼓励将士，操练兵马，好为国家争气，替先王报仇。靳尚、公子兰等人就怕屈原在楚顷襄王面前老提起反抗秦国的话，怕打起仗来自己不能过好日子。他们把屈原看作眼中钉，非拔去不可。

屈原还是劝楚顷襄王去联络诸侯共同抗秦。靳尚、公子兰他们就天天在楚顷襄王跟前说他的坏话。靳尚对楚顷襄王说："大王没听见屈原数落您吗？他老跟人家说，'大王不报先王的仇，公子兰不敢提抗秦，楚国出了这种不争气的君臣，哪儿能不亡国呢？'大王，您听听这叫什么话啊！"楚顷襄王问了问公子兰，公子兰也这么说。楚顷襄王大怒，把屈原革了职，放逐到湘南（在湖南洞庭湖一带）去。

屈原抱着救国救民的志向，一肚子富国强兵的打算，反倒给人排挤出去了。到了这时候，他简直要气疯了。他不想吃，不想喝，弄得面容憔悴，身子也瘦了。他憋着满腔忧愤没处去说，在洞庭湖边、汨（mì）罗江

（在湖南湘阴北，向西流入湘水）岸，一边走，一边唱着伤心的歌儿。

屈原有个姐姐叫屈须。她听说兄弟的遭遇，老远地跑到湘南去看他。她找到了屈原，一见他披头散发、脸庞又黄又瘦，不由得掉下眼泪来，说："兄弟，你何必这样呢？楚国人哪一个不知道你是忠臣？大王不听你的话，那是他的不是。你已经尽心了。老悲伤又有什么用呢？"屈原说："我伤心的不是我自己的遭遇。楚国弄到这个样儿，我心里像刀割一般！"屈须说："可是君王不肯听你的话，反对你的人又有势力，你孤孤单单一个人，怎么斗得过他们呢？你的脾气太耿直，我担心你会吃亏，如今果真落到这个地步，叫我怎么放心啊！"屈原说："我知道我忠心耿耿会招来不幸。可是我怎么能够眼看着国家的危险不管哪！只要能救楚国，就是叫我死一万次我也愿意。如今把我放逐到荒山野地，国家大事我没法儿管，我的主张没处去说，我大声呼喊君王，君王也听不到。我痛苦得真要疯了。这样下去，还不如死了好。"屈须摇摇头，说："别傻了！要是你一死，国家就能够好起来,那我也愿意跟你一块儿死。可是你这么糟蹋自己,对国家不但没有什么帮助,反倒还会连累别人也这样消沉下去。"屈原叹了口气,说:"那怎么办?"屈须说:"将来君王也许会明白过来,那时候你还可以给国家出力。"

屈原在流放中,交上了一个打鱼的朋友。这个朋友,大伙儿都叫他"渔父"。渔父很敬佩屈原的学问,可是不赞成他总是唉声叹气,就对他说:"您怎么会弄到这步田地呢?"屈原就说:"天下全是脏的,我是干净人;大伙儿都喝醉了,只有我还醒着。因此我被放逐到这儿了。"渔父说:"圣人不拘泥死板,而能随世道一起变化。您既然知道天下都是脏的,何不搅浑泥水扬其浊波;大伙儿都醉了,您为什么不也喝上几盅?何必自命清高,让自己落了个被放逐的下场?"

屈原不能认同渔父的说法,可也没有别的办法。在与老百姓一起生活时,眼见他们一年到头辛辛苦苦种地,还是经常受冻挨饿,生病没钱医,死了没钱葬,遇到天灾人祸,就弄得妻离子散,家破人亡。这种悲惨的

渔父及其简介

漁父者楚人也因楚亂匿名隱於江濱時屈原為靳尚所譖王怒放之江濱漁父問曰子非三閭大夫歟何故至於斯原曰舉世混濁而我獨清眾人皆醉而我獨醒是以見放漁父曰舉世混濁何不揚其波汩其泥眾人皆醉何不餔其糟歠其釃何故懷瑾握瑜自令放為遂作歌而去不知所終

情景，更加深了屈原的痛苦。他一直喜欢写诗，这会儿诗写得更多。《离骚》这首有名的长诗，就是他在这个时期写成的。

日子过得挺快，十几年过去了，屈原还没有得到楚王召他回去的消息。他忧虑国家的前途，常常夜里睡不着觉。好容易睡着了，梦里回到郢都，可是醒来仍旧是一场空。他想借山川景物来排解忧愁，结果反而更加伤心：楚国的政治这么腐败，这秀丽的河山总有一天会成了秦国的。

屈原想立刻回到郢都，再劝劝楚顷襄王。正好有一个朋友来看他，朋友劝他说："你已经被革了职，回去也做不了什么。现在楚王不用你，你为什么不到别的国去呢！你这样有才学，不论到哪一国，还怕他们不重用你吗？何必留在楚国受这份罪呢！"屈原说："一个人难道可以为了自己的富贵扔了父母之邦，扔了家乡吗？"那个朋友说："话不是这么说的。现在楚王不用你，又不是你不肯为楚国出力。你把自己的才华埋没了，多可惜！"屈原说："鸟飞倦了，想回到自己的老枝上去歇息；狐狸死了，头还向着土山。我不能离开楚国。"

屈原对楚国爱得这么深，看着掌权的人越来越腐败，国家一天一天衰落下去，自己偏偏得不到救国救民的机会。他痛苦到了极点，仍然只能写写诗歌来抒发自己的悲哀，陈说他对朝廷大事的想法。

公元前278年，秦国派大将白起攻打楚国，打下了楚国的国都。屈原听到这个消息，伤心得放声大哭。他已经六十多岁了，知道楚国已经没有希望了，可不愿意眼看着楚国被毁，社稷江山落入敌人之手。据说在五月初五那一天，他就抱着一块大石头，跳到汨罗江里去了。

渔民和附近的庄稼人得到了这个信儿，赶紧划着小船去救屈原。不一会儿，好些小船争先恐后地赶来了。可是滔滔江水，哪儿有屈原的影儿呢？他们在汨罗江里捞了半天，到底也没找着屈原。渔民挺难受，他们对着江面祭祀了一会儿，把竹筒子里的米饭撒在水里，算是献给屈原的。

到了第二年五月初五那一天，大伙儿想起这是屈原投江的周年了，又划着船，用竹筒子盛上米饭撒到水里去祭祀他。到后来，人们把盛着米饭的竹筒子改成粽子，划小船改为赛龙船，把五月初五称为端午节，也叫端阳节。这吃粽子和赛龙船，慢慢就变成全国的一种风俗了。

这时候，赵主父已死。当初，赵主父从云中回到邯郸，知道了赵惠文王怕得罪秦国，不敢收留前来投奔的楚怀王，就瞧出他没有多大的出息，心里后悔，打算立原来的太子安阳君为代王。他把这个意思告诉了公子胜。公子胜说："大王当初废了太子，已经拿错了主意。如今君臣的名分已经定了，要是再一更改，反倒容易引起内乱。我看还是好好地辅导新君为是。"赵主父又跟夫人吴娃商议这件事。吴娃是赵惠文王的母亲，当然不赞成立安阳君。赵主父想再立安阳君的想法一传出去，赵国就起了内乱。一批大臣怕王位一变动，自己的地位就保不住了。于是，他们不但杀了安阳君，而且把赵主父锁在沙丘宫里，把他活活饿死了。

赵惠文王因为公子胜反对赵主父立安阳君为代王，

赵主父饿死沙丘宫

就拜他为相国,封为平原君。这位平原君为了巩固自己的地位,专结交天下的各种人物,凡是投到他门下来的,他一概收留,供养着他们。这种收养门客的做法,当时成了风气。齐国的孟尝君、魏国的信陵君、楚国的春申君,都像平原君那样收养门客,他们每家都有几千个门客。连秦昭襄王听说了平原君收养门客的事儿,都想跟他结交呢。

鸡鸣狗盗

秦昭襄王听说平原君收养了几千门客,叹息着对向寿说:"像平原君那样的人,恐怕天下少有吧。"向寿说:"虽说如此,但他若比起齐国的孟尝君来,还差得远着呢!"秦昭襄王问:"孟尝君又是怎样的人?"向寿说:"孟尝君田文继承他父亲田婴做了薛公(薛,在山东滕州东南;田婴封于薛,称为薛公,田文继承他父亲,也叫薛公),就大兴土木,修盖房子,招待天下各种人物。只要是投奔他的,不管有什么能耐,他一概收留,吃、喝、穿、戴,他全包了。他的门下真是人才济济,平原君哪儿能比得上他啊!"

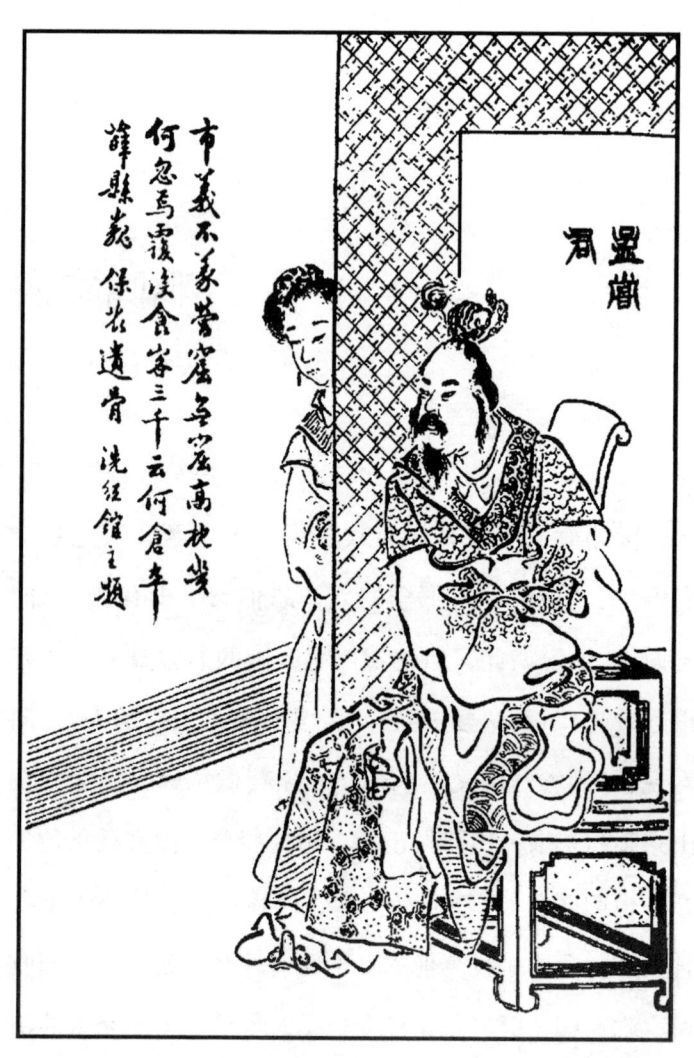

孟尝君

秦昭襄王说:"我挺尊重像孟尝君那样的人,怎么才能请他到秦国来呢?"向寿说:"这有什么难?只要大王打发自己的子弟到齐国去做质子,然后请孟尝君上这儿来。我想齐国是不能不答应的。等到孟尝君到了这儿,大王拜他为丞相(秦武王改相国为丞相),齐国也只好拜咱们的人为齐国的相国。这么着,秦国跟齐国联合到一块儿,若打算收服诸侯,事情就好办多了。"

秦昭襄王真打发自己的兄弟泾阳君到齐国去做质子,请孟尝君上咸阳来。就在这短短的几天,孟尝君和泾阳君交上了朋友。齐宣王在公元前301年死了,他儿子即位,就是齐湣(mǐn)王。齐湣王不敢得罪秦国,只好让孟尝君去秦国。后来大臣当中有人对齐湣王说:"大王既然诚心跟秦国结交,何必一定要把泾阳君留在这儿做质子呢?"齐湣王就把泾阳君送走了。

公元前299年,孟尝君带着一大帮门客,一同到了咸阳。秦昭襄王亲自去迎接他。他见孟尝君左呼右拥,威风凛凛,不由得对他更加敬重起来。两个人说了一些敬仰彼此的话。孟尝君奉上一件纯白的狐狸皮袍子,作为见面礼。秦昭襄王知道这是很名贵的银狐,当时就很得意地穿上,向宫里的美人们夸耀了半天。那时候天还暖和,他就把袍子脱下来交给手下的人并吩咐好好地收藏着。

孟尝君和他的一些门客到了咸阳之后,一些秦国的大臣怕秦王重用孟尝君,就在背地里商量着怎样排挤他。秦王择了个日子,拜孟尝君田文为秦国的丞相。接着就有大臣对秦王说:"田文是齐国的贵族,手下的人又多,现在他当了丞相,一定先替齐国打算。要是他利用丞相的权力暗中谋害秦国,秦国不就危险了吗?"秦昭襄王说:"你们说得也对。那么,还是把他送回去吧。"他们说:"他在这儿已经住了不少日子,秦国的事他差不多全都知道。哪儿能轻易放他回去啊?"秦昭襄王就把孟尝君软禁起来了。

泾阳君为了建立自己的势力,在齐国的时候就跟孟尝君交上了朋友,这会儿听说秦王把孟尝君软禁了,还想谋害他,就替他想办法。泾阳君带了两对玉璧送给秦王最宠爱的燕姬,请她帮助。燕姬拿三个手指托着下巴颏儿，斜着眼睛，装腔作势地说："让我跟大王说句话倒是不难，你把这两对白玉带回去，别的谢礼我一概不要，我只要一件银狐皮袍子就够了。"

泾阳君把她的话告诉了孟尝君，孟尝君皱着眉头说："我就有那么一件，已经送给秦王了，哪儿还能要回来啊？"当时有个门客说："我有办法。"他立刻去跟那个管衣库的人闲聊天儿，看准了门路。当天晚上，这位门客从狗洞爬进宫里，找着了衣库，准备去偷那件皮袍子。他掏出好些钥匙，正在开门的时候，看库的人惊醒了，咳嗽了一声。那个门客就装狗"汪汪"地叫了两声。看库的人就放了心，又睡着了。那个门客进了衣库，开了箱子，拿出那件银狐皮袍子，然后又锁上箱子，关上库房，从狗洞钻了出去。

孟尝君得到了这件皮袍子，送给了燕姬。燕姬就甜言蜜语地劝秦王把孟尝君放回去。秦王最终依了她，发了过关文书，让孟尝君回去。

孟尝君得到了文书，好像漏网之鱼，急急忙忙地赶往函谷关（在河南灵宝西南）。他怕秦王反悔，派人来

孟尝君偷过函谷关

追,又怕把守关口的人刁难他,就更名改姓,打扮成买卖人的样儿。他的门客中有个专门会假造文书的人,很巧妙地把那过关文书上的名字改了。他们到了函谷关,正赶上半夜。依照秦国的规矩,每天早晨,关口要到鸡叫的时候才许放人。他们只好在关里等候天亮。孟尝君十分焦急,万一天亮以前,秦王派人追上来怎么办?好在孟尝君的门客之中各色各样的人都有。大伙儿正发愁,忽然门客里有人捏着鼻子学起公鸡打鸣儿来了,接着一声跟着一声,好像有好几只公鸡在应和着,紧跟着关里的公鸡全都打起鸣儿来。关上的人就开了城门,验过孟尝君的过关文书,让这批"买卖人"出了关口。

那边秦国有个大臣,一听到秦王把孟尝君放了,立刻赶着去朝见秦昭襄王。他说让孟尝君回去,好比"纵虎归山",将来必有后患。秦昭襄王果然后悔了,立刻派人去追。那些追上去的人快马加鞭,连夜赶路。他们赶到函谷关,天还没亮。他们查问守关的人,说:"孟尝君过去了没有?"守关人说:"没有。"还拿出过关文书让他们瞧,果然没有孟尝君的名字。他们这才放了心，心想大概孟尝君还没到呢。

等了半天，孟尝君还没来，他们就起了疑，又跟守关的人说了孟尝君的长相，还有他带着的门客的人数和车马的样子。守关的人说："哦！有，有！他们早就过去了，是第一批过的关。"他们又问："你什么时候开的城门？我们到这儿的时候，天黑黑的什么都还看不清楚。难道你半夜里就开了城门？"守关的人一愣，说："谁说不是呢？我们也正在纳闷儿，城门是鸡叫以后开的，可是等了半天，东方才发白。我们还奇怪，今天的太阳怎么出来得这么晚？"追赶的人一听这话，就知道赶不上了，只好垂头丧气地回去报告秦昭襄王。

狡兔三窟

孟尝君逃回齐国，齐湣王仍旧拜他为相国。因为齐国远在东方，秦国不便再去麻烦，两国总算相安无事。

孟尝君的门客越来越多，他把门客的待遇分为三等：头等门客吃的是鱼肉，出去有车马；二等门客吃的也是鱼肉，但没有车马；三等门客只吃些粗菜淡饭，饿不着就行。孟尝君养了三千多个门客，供给他们吃、喝、住，这费用从哪儿来呢？他只能加重剥削老百姓，特别是在自己的封地薛城向老百姓放贷，用高利贷的进项来补贴养门客的费用。薛城的老百姓在高利贷的剥削之下，喘不过气来。

有一天，招待门客的总管对孟尝君说："下一个月的开支不够了，请打发人到薛城去收账吧。"孟尝君问他："派谁去呢？"总管说："早先老拍着宝剑唱歌的那位冯先生，在这儿待了一年多了，还没做过事，不如请他去一趟吧。"孟尝君就打发冯驩（huān）上薛城去收账。

冯驩是齐国人，当初穿得破破烂烂的来见孟尝君。孟尝君问他有什么本领。他说："没有什么本领。听说凡是投到公子这儿来的，不论有本领没本领，您都收留。我因为穷，才来投靠公子。"孟尝君点点头，收留了他，把他安排在三等门客里头。过了十几天，孟尝君问总管："那位新来的客人都做些什么？"总管说："冯先生穷得要命，他只有一把宝剑，连个鞘（qiào）也没有，就用绳子拴着挂在腰里。他每回吃完了饭，就用指头弹着宝剑唱歌：吃饭没有鱼，宝剑哪，咱们不如回去！"孟尝君说："就给他鱼吃吧。"冯驩升为二等门客，能吃鱼吃肉了。又过了几天，孟尝君又问总管："冯先生满意了吧？"总管说："我想他总该满意了。可是他吃

冯驩弹铗客孟尝

完了饭,还是弹着宝剑唱歌:出门没有车(jū),宝剑哪,咱们不如回去!"孟尝君愣了一愣,他想:"他原来要当上等门客,看样儿准是个有本领的。"回头跟总管说:"把冯先生升为上等门客,你留心他的行动,听他还说什么,再来告诉我。"又过了五六天,总管向孟尝君报告说:"冯先生又唱歌儿了。这回唱的是:老母撇不下,宝剑哪,还是回家吧!"孟尝君马上叫人去供养冯骥的母亲。冯骥这才安安稳稳地住下去了。

这会儿孟尝君派冯骥到薛城去收账,冯骥就问:"回来时要顺便买些什么东西吗?"孟尝君随口回答了一句:"这儿短什么,就买些什么。您瞧着办吧。"冯骥坐着车马上薛城去收利钱了。薛城人听说孟尝君打发一个上等门客来收账,大伙儿都叫苦连天。有的就打算躲到别的地方去,有的准备托人去说情缓些日子。收账的第一天,只有一些比较宽裕的人家给了利钱。冯骥一计算,已经收了十万。他就从中拿出一笔钱来,买了好些牛肉和酒,出了一个通告,说:"凡是欠孟尝君钱的,不论能还不能还,明天都来把账对一对,大家伙儿聚在一块儿吃一顿。"

第二天,那些欠账的老百姓都来了。冯骦一个个地招待他们,请他们喝酒吃饭。大伙儿喝过酒,冯骦就根据债券一个个地问了一遍。有的请求延期,冯骦就在债券上批上。有的说不准什么时候能还,冯骦就把这些个搁在一边。等到债券批完之后,堆在一边的有一大半。老百姓这时候全都诉说着自己的苦处:

"今年年成不好,我们连饭都吃不上。"

"我妈死了,连棺材还没有啊。"

"我已经交了好几年的利钱,交的利钱比本钱都多了,今年实在不能给了。"

"我的孩子病着,抓药的钱都没有!"

"我的媳妇儿难产……"

"自从我摔折(shé)了一条腿……"

冯骦不再听下去。他叫人拿火来,把这一大堆的债券全烧了。大伙儿瞧着烧债券的火,又是高兴,又是犯疑,他们哪儿知道冯骦是替孟尝君收买民心啊!冯骦编了一套话,对大伙儿说:"孟尝君放账给你们,原本是实心实意地救济你们,并不贪图利钱。可是他收留着好几千人,光靠他的俸禄哪儿够呢?这才不得不叫我来收账。他对我说:'那些能给的,你就收了来;谁要是一时拿不出,让他再缓一期,将来再给;那些真的给不了的,烧了债券,一概免了!'"众人听了信以为真,高兴地嚷着说:"孟尝君是我们的恩人!"

冯谖回来,把收账的经过报告给孟尝君。孟尝君听了,脸上变了颜色,说:"那我这三千多人吃什么呢?您怎么花了这些钱,又打酒又买肉的,还把债券烧了!我请您去收账,您收了些什么回来呢?"冯谖说:"您别生气,我说给您听。那些实在穷得还不了的,您就是留着债券也没用,再过五年、十年,利钱越来越多,一辈子也还不了,反倒逼他们跑到别的地方去。既然这些债券没有用,还不如烧了干脆。您要是拿势力去逼他们,利钱也许能够多少收点儿,可是民心丢了。您说过,这儿短什么,就买些什么。我觉得这儿短的就是民心。我就买了民心回来。我敢说,收回民心要比收回利钱强得多!"孟尝君无可奈何地向他拱了拱手,说:"先生眼光长远，佩服！佩服！"

冯骧虽然没把账全收回来，可是孟尝君的名声更大了。秦昭襄王没追上孟尝君，本来已经不高兴了，如今听说齐湣王又重用他，更担心了。他就暗中打发心腹去齐国散布谣言，说："孟尝君收买人心，齐国人光知道有孟尝君，不知道有齐王。孟尝君眼瞧着快要当上齐王了。"齐湣王听到了这些谣言，果然起了疑，收回了孟尝君的相印，叫他回到薛城去。

"树倒猢狲散"，孟尝君被革了职，那些门客全散了。孟尝君觉得很凄凉，只有这位收账烧债券的冯先生仍一步不离地跟着他，替他驾车，一块儿上薛城去。薛城的老百姓一听孟尝君来了，都来迎接他，有的带了一只鸡，有的提着一瓶酒。孟尝君见了，感激得掉下眼泪来。他对冯骧说："这就是先生给我买来的民心呀！"

冯骧说："这点儿算得了什么？如今您能安居的地方只有这个薛城。俗语说'狡兔三窟'（机灵的兔子有三个窝儿），您至少也得有三个能安身的地方才能踏实。您要是能借给我这辆车马，让我上秦国去一趟，我一定能叫齐王再重用您,加您的俸禄。那时候,薛城、咸阳、临淄三个地方都会欢迎您,您看好不好?"孟尝君说:"全听先生调度吧!"

冯骥到了咸阳,对秦昭襄王说:"如今天下有才干的人,不是投奔秦国,就是投奔齐国。上秦国来的都想叫秦国强,齐国弱;上齐国去的都想叫齐国强,秦国弱。可见当今之世,不是秦得天下,就是齐得天下,这两个大国是势不两立的。"秦昭襄王听了他的话,跪起来说(当时的人是坐在地上的):"先生有何妙计能叫秦国强大,请先生指教!"冯骥连忙请他坐了,说:"齐国把孟尝君革职了,大王知道吗?"秦王装模作样地说:"我倒是听说了,可不大清楚。"冯骥说:"齐国能够有现在这样的地位,全仗着孟尝君哪。如今齐王听了谣言,革了他的官职,收回了相印。齐王这么以怨报德地对付孟尝君,孟尝君当然也怨恨齐王。大王趁着他怨恨齐王的时候,赶快把他请来。要是他能够给大王出力,还怕齐国不来归附吗?齐国要是一归附,天下可就是秦国的了。大王赶快打发人用车马带着礼物去请他,还来得及。万一齐王一反悔,再拜他为相国,齐国可又要跟秦国争高低了。"

这时候,正巧秦国老丞相死了,秦昭襄王需要帮手,就依了冯谖的话,打发使者带了十辆车、一百斤金子,用迎接丞相的仪式上薛城去迎接孟尝君。冯谖辞别了秦昭襄王,说:"我先回去告诉孟尝君一声,免得临时匆促。"

冯谖离了咸阳,急急忙忙地直接到了临淄,求见齐湣王,对他说:"齐国和秦国是势不两立的两个大国,谁要是得到人才,谁就能号令天下。我在道儿上听到秦王正暗中拉拢孟尝君,打发使者带了十辆车、一百斤金子,用迎接丞相的仪式上薛城去迎接他。孟尝君真要是做了秦国的丞相,临淄、即墨不就危险了吗?"齐湣王真没防到这一招儿,很着急地说:"怎么办?"冯谖说:"不能再耽误了,趁着秦国人还没到,大王赶紧先恢复孟尝君的官职,再加封他一些土地,孟尝君必定感激大王。再说,他做了相国,难道说秦国没得到大王的许可,就可以随便接走齐国的大臣吗?"

齐湣王答应重新重用孟尝君，可是心里还有点儿疑惑。他背地里打发心腹去边境探听秦国的动静。派去的人一到了边境，就见那边秦国的车马已经来了，他立刻赶回临淄，上气不接下气地向齐湣王报告。齐湣王立刻吩咐冯驩去接孟尝君来做相国，另外又封给他一千户的土地。等到秦国的使者到达薛城的时候，孟尝君已经官复原职了。秦国的使者白跑了一趟，秦昭襄王只怪自己晚了一步。

火牛陷阵

孟尝君官复原职以后，公元前286年，齐湣王联合楚国和魏国共同灭了宋国，把宋国的土地分了。齐湣王得到了宋国大部分的土地，可他还不满意。他说："这回灭宋国，全是齐国的力量，楚国和魏国怎么能坐享其成呢？"他趁人家不防备，突然派兵攻击楚军和魏军，从他们手里抢过来好几百里的土地。楚国和魏国从此恨透了齐国，就去跟秦国交好了。

齐湣王并吞了宋国大部分的土地，越发骄横起来。他对大臣们说："我早晚把周朝灭了，就能当天王。只要自己有力量，谁还敢反对？"孟尝君劝告他说："宋国狂妄自大,得罪了列国,大王才把他灭了。请大王别学他。天王虽说失了势力,但终究还是列国诸侯共同的主人。大王怎能说要去攻打天王呢?"齐湣王说:"为什么不能呢?成汤征伐夏桀(jié)王,武王征伐殷纣(zhòu)王,我为什么就不能当成汤和武王呢?可惜你不是伊尹、姜太公罢了!"君臣俩就这么闹了别扭。齐湣王又把孟尝君的相印收了回去。孟尝君怕再得罪他,就带着门客逃到大梁,投奔魏公子信陵君去了。

自从孟尝君走了以后,齐湣王更加狂妄自大了,天天想去进攻成周,自己当天王。这么一来,列国诸侯都对他不满意,北边的燕国就趁着机会,前来报仇。

原来燕国在公元前314年那年,起了内乱。当时齐宣王趁火打劫,借着平定燕国内乱的名义,派大将匡章把燕国灭了。后来燕国发起了一个复国运动,找到了以前的太子,立他为国君,就是燕昭王。各诸侯国反对齐国,燕国各地投降了齐国的将士也起来反抗,拥护燕昭王。匡章没法儿镇压,只好退回齐国去了。燕昭王回到都城,修理宗庙,整顿朝政,搜罗人才,操练兵马,立志要向齐国报仇。

这回燕昭王听说齐湣王轰走了孟尝君，还想去进攻成周。他就对他最信任的将军乐毅说："燕国受齐国的欺负，已经这么些年了。我天天想替先王报仇，就是不敢太鲁莽。如今齐王无道，跟诸侯结下冤仇，这正是灭掉齐国的好机会。我打算发动全国的军队去跟齐国以死相拼，您看怎么样？"乐毅说："齐国地大人多，很有力量，咱们单个儿去攻打，怕办不到。大王要征伐齐国，必须联络别的国家。列国之中跟咱们紧挨着的是赵国。大王跟赵国一联合，韩国准会加入。孟尝君在魏国也恨着齐王，他也许会请魏王帮助咱们。这样，燕国联合了赵、韩、魏一同去征伐，准能把齐国打败。"

燕昭王就请乐毅去跟列国联系。秦昭襄王正怕齐国太强大，也愿意帮助燕国。公元前284年，燕国的大将乐毅、秦国的大将白起、赵国的大将廉颇、韩国的大将暴鸢、魏国的大将晋鄙（bǐ），各人带着本国的兵马，按着约定的日子会合在一起。燕国的乐毅当了上将军，统率五国的兵马，浩浩荡荡地向齐国进攻。

燕昭王

上将军乐毅跑在赵、韩、魏、秦各国兵马头里,到最接近敌人的地方去指挥作战。四国的将士一见,个个拼命往前冲,把齐国的兵马打得死的死,伤的伤,剩下的只能往后退。赵、韩、魏、秦这四国的将士打了几回胜仗,各自占领了齐国的几座城,就心满意足地驻扎下来,不再接着往下打了。乐毅认为夺下来的城由他们四国守住,也很好。他自己就带着本国的军队接着往下打。

乐毅出兵才半年,接连打下了齐国七十多座城,齐湣王也被人杀了,只剩下莒(jǔ)城(在山东莒县)和即墨两处还没投降。乐毅一想:单靠武力,收服不了齐国的民心。民心不服,就算把齐国全打下来,也守不住。好在齐国只剩下两座城,也不能再成什么大事,不如拿恩德去打动齐国人,叫他们自己来投降。他就做出几件讨好齐国人的事情,例如,废除当初齐王所定的苛刻的法令,减轻人民的捐税,尊重他们的风俗习惯,优待地方上的名流等。

乐毅围困莒城和即墨三年,可还没打下来。他就下

说四国乐毅灭齐

令退兵,大军驻扎在离城十来里的地方,他又下了一道命令,说:"城里的老百姓出来打柴,让他们随便来往,不准为难他们。瞧见挨饿的,给他们吃食;受冻的,给他们衣穿。"要是燕国的君臣能够信任乐毅到底,实行收服人心的办法,那么,莒城和即墨的抵抗也许长久不了。可是有人从中破坏,辜负了乐毅的一番苦心。

燕国的大将骑劫对燕太子说:"齐王已经死了,齐国就剩下两座城。乐毅能在半年之内打下七十多座城,为什么费了三年工夫还打不下这两座城?这里头准有鬼。"太子点了点头。骑劫接着说:"听说他怕齐国人心不服,因此要拿恩德去感化他们。等到齐国人真的归顺了他,他不就当上齐王了吗?他会再回燕国来当臣下才怪呢!"太子把这话告诉了燕昭王。燕昭王一听,蹦了起来,怒气冲冲地打了太子二十板子,骂他是个忘恩负义的畜生。他说:"先王的仇是谁给咱们报的?乐毅的功劳简直没法儿说。咱们把他当作恩人还怕不够尊敬,你们还要说他坏话?就是他真做了齐王,也是应该的呀!"

燕昭王责打了太子之后，索性打发使者上临淄去见乐毅，立他为齐王。乐毅非常感激燕昭王的心意，可是他对天起誓，情愿死，也不愿接受这封王的命令。

公元前279年，燕昭王死了。太子即位，就是燕惠王。燕惠王信任骑劫，正像燕昭王信任乐毅一样。他还算顾全大局，没把乐毅革职。可是不久又传来了谣言，说什么"乐毅本该早就当上齐王的，为了讨先王的好，他不敢接受王号。如今新王即位，乐毅可就要做王了。要是新王另外派个将军来，一定就能攻下莒城和即墨"。燕惠王信了，就派骑劫为大将，把乐毅调回来。

乐毅叹了口气说："要是回去，万一被新王杀了，丧了一条命倒不算什么，只是太对不起先王了。"乐毅原是赵国人，他就回到老家去了。赵王欢迎他回到本国，封他为望诸君。

骑劫当了大将，接收了乐毅的军队。他有他的一套办法，把乐毅的命令全改了。燕军都有点儿不服气，可是大伙儿敢怒而不敢言。骑劫下令围攻即墨城，围了好几层，可是城里早就做了准备。守城的将军田单，把决战的步骤已经很周密地布置好了。

田单是齐国国君远支宗族。齐湣王在世的时候,他是个无声无臭(xiù)的小军官。后来燕军进攻即墨,即墨大夫出去抵抗,打了败仗,受重伤死了。城里没有人主持,军队没有人带领,差点儿乱了起来。大伙儿就公推田单为将军,才有了个带头的人。田单跟士兵们同甘共苦,又把本族人和自己的妻子都编在队伍里。即墨的人见他能这样做,都愿意服从他。

田单知道乐毅的本领强,不出去跟他打仗,而是很严实地守着城。等到燕惠王一即位,田单就钻了空子,暗中派人上燕国去散布谣言。燕惠王果然派骑劫去接替乐毅。田单又叫几个心腹扮作老百姓到城外去谈论。他们说:"以前乐将军太好了,抓了俘虏还好好地待他们,城里的人当然不怕了。要是燕国人把俘虏的鼻子削去,齐国人还敢打仗吗?"另有人说:"我们祖宗的坟都在城外,要是燕国军队真刨起坟来,可怎么办?"这种仨(sā)一群儿、俩一伙儿的谈论,传到骑劫的兵营里。骑劫听了这些话,就真把齐国俘虏的鼻子都削了去,又叫士兵把即墨城外的坟都刨了,把死人的骨头拿火烧了。即墨的人听说燕国的军队这么虐待俘虏,全愤恨起来。后来他们在城头上瞧见燕国的士兵刨他们的祖坟,就都大哭起来,咬牙切齿地痛恨敌人,大伙儿全都一心一意地要替祖宗报仇。

即墨的士兵和群众都纷纷向田单请求,一定要跟燕国人拼个死活。田单就挑选了五千名壮丁、一千头牛,先训练起来,叫老头儿和妇女们在城墙头上值班。他又搜集了好些金子,打发几个人装作即墨的富翁,偷偷地给骑劫送去,说:"城里粮食已经吃完了,不出三天就得投降。贵国大军进城的时候,请求将军保全我们的家小。"骑劫满口答应,交给他们几十面小旗子,叫他们插在门上作为记号。骑劫得意扬扬地对将士们说:"我比乐毅怎么样?"大伙儿说:"强得多了!"这一来,燕军净等着田单来投降,不再想着打仗了。

那些派去的人回来报告以后,田单就把那一千头牛打扮起来。牛身上披着一件褂子,上面画着大红大绿、稀奇古怪的花样;牛犄角上捆着两把尖刀;牛尾巴上系着一捆浸透了油的麻和苇子。这就是预备冲锋陷阵的牛队。那五千名壮丁组成一个"敢死队",他们都画上五色的花脸,拿着大刀阔斧,跟在牛队后头。到了半夜,拆了几十处城墙,把牛队赶到城外,牛尾巴点上了火。牛尾巴一烧着,一千头牛可就犯了牛性子,一直向燕国的兵营冲过去。五千名"敢死队员"紧跟着冲杀上去。城里的老百姓狠命地敲着铜盆、铜壶,跟在牛后面到城外来呐喊,霎时震天动地的喊杀声夹着鼓声、铜器声,吓醒了睡梦中的燕国人。燕军将士手忙脚乱,慌里慌张地找不着兵器了。睡眼蒙眬地一瞧,成百上千的怪兽,脑袋上长着刀,已经冲过来了!后面还跟着一大群稀奇古怪的妖精。胆小的吓得腿都软了,一迈步就瘫倒在地上。能跑的见了这些鬼怪,哪儿还敢抵抗啊?别说一千头牛犄角上的刀扎伤了多少人,那五千名"敢死队员"砍死了多少人,就是燕国军队自己连撞带踩地一乱,也够受的了。大将骑劫坐着车,打算杀出一条活路,可正巧碰上了田单。这位自认为比乐毅强得多的大将,就被田单像抹臭虫一样抹死了。

驱火牛田单破燕

田单整顿了队伍，立即反攻。整个齐国轰动了。那些已经投降了燕国的齐国将士一听到田单打了大胜仗，就杀了燕国的将士，准备迎接田单。田单的军队打到哪儿，哪儿的百姓就起来响应，田单的势力就越来越强大了。

不到几个月的工夫，被燕国和秦、赵、韩、魏四国占领着的七十多座城，一座一座地全都收回来了。齐国将士和百姓没有不高兴的。因为田单恢复了父母之邦，立了大功，大伙儿要立他为齐王。田单说："太子法章住在莒城，我们早已有了联络。我哪儿能自立为王啊？"他就把太子接到临淄来，择个好日子，祭祀太庙，太子法章正式做了国君，就是齐襄王。

齐襄王对田单说："咱们齐国之前已经亡了，全靠叔父重新建立起来，这功劳实在太大了，叫我怎么来报答您哪？我封叔父为安平君，请叔父不可推辞。"田单谢了恩，当时就请齐襄王继续发愤图强，防备燕国再来报复。但是齐国经过这几年的战争，到底削弱了，再没有力量跟秦国争夺天下了。

燕惠王直到骑劫被杀、燕军打了败仗之后，才想起乐毅的好处，但后悔也来不及了。他写信请乐毅来，乐毅回了他一封信，说明他不能回去的难处。燕惠王闷闷不乐，又怕乐毅在赵国怨恨他，就把乐毅的儿子乐闲封为昌国君，继承他父亲的爵位。这样一来，乐毅好像做了燕国和赵国的中间人，他在两国之间来来往往，两国都把他当贵客，他也劝赵王跟燕国交好。最后他死在了赵国。

完璧归赵

赵国和燕国和好的时候,秦国屡次来侵犯赵国,可都被大将廉颇打了回去。秦昭襄王没法儿,只好假意跟赵国和好。他打算用别的手段收拾赵国。

秦昭襄王听说赵王得到了"和氏璧",就是当初楚国丢的、害得张仪受了冤屈的那块玉璧。他派使者带着国书去见赵惠文王,说:"秦王情愿拿出十五座城来换那块'和氏璧',希望赵王答应。"赵惠文王就跟大臣们商量:要是答应秦国,又怕上当;要是不答应,又怕得罪秦国。大伙儿计议了半天,还不能决定到底应当怎么办。赵惠文王问谁能当使者上秦国去。他说着,瞧了瞧大臣们,大臣们都低着头不开口。

当时有个宦（huàn）官叫缪（miào）贤的,对赵王说:"我有个门客叫蔺（lìn）相如,他是个挺有见识的谋士。我想,叫他上秦国去倒还合适。"赵惠文王把蔺相如召上来,问他:"秦王拿十五座城来换取赵国的'和氏璧',先生认为是答应好,还是不答应好?"蔺相如说:"秦国强,咱们弱,不能不答应。"赵惠文王接着又说:"要是把'和氏璧'送了去,得不着城,怎么办?"蔺相如说:"秦国拿出十五座城来换一块玉璧,这个价钱算高的了。赵国要是不答应,错在赵国。大王把'和氏璧'送了去,要是秦国不交出城来,那么错在秦国。我说,宁可叫秦国担这个错儿,咱们也不能不讲道理。"赵惠文王说:"先生能上秦国去一趟吗?"蔺相如说:"要是没有可派的人,那我就去一趟。秦国交了城,我就把'和氏璧'留在秦国;要不然,我一定'完璧归赵'。"赵惠文王很高兴,就拜蔺相如为大夫,派他去秦国。

蔺相如带着"和氏璧"到了咸阳。秦昭襄王听说赵国送"和氏璧"来了,得意地坐在朝堂上让使者去见他。蔺相如恭恭敬敬地把"和氏璧"献了上去。秦昭襄王接过来,看了看,很高兴。他把"和氏璧"递给大伙儿传着看,又交给后宫的美人儿瞧了瞧。大臣们一齐欢呼,都给秦昭襄王庆贺。蔺相如一个人冷冷清清地站在朝堂上等着,等了老半天,也不见秦昭襄王提起交换城的事。他想:秦王果然不是真心实意地拿城来交换。可是玉璧已经到了别人手里,怎样才能再拿回来呢?他急中生智,上前对秦昭襄王说:"这块玉璧看着虽说挺好,可是有点儿小毛病,别人不容易瞧出来,让我指给大王瞧瞧。"秦昭襄王就叫手下的人把"和氏璧"递给蔺相如。

蔺相如拿着"和氏璧"往后退了几步,靠着朝堂上的大柱子,瞪着眼睛,气哼哼地对秦昭襄王说:"大王派使者到敝国送国书的时候,说是情愿拿出十五座城来换这块'和氏璧'。赵国的大臣们都说:'这是秦王骗人的话,千万不能答应。'我却反对说:'大国的君王哪儿能不讲信义呢?可不能瞎猜疑。'赵王这才斋戒了五天,

蔺相如

然后派我把'和氏璧'送过来。这是多么郑重的一件事!可是大王拿着'和氏璧'随随便便地叫左右之人传着看,对它并未像对十五座城一样重视。从这点看来,我知道大王并没有交换的诚意。如今'和氏璧'在我的手里,大王要是逼我的话,我宁可把我的脑袋和这块玉璧在这根柱子上一同碰碎!"说话之间,他就举起"和氏璧"来,对着柱子就要摔。

秦昭襄王连忙向他赔不是,说:"大夫别误会,我哪儿能说了不算呢?"他让大臣拿来地图,指着说:"打这儿到那儿,一共十五座城,全给赵国。"蔺相如一想:可别再上他的当!他就对秦昭襄王说:"好吧。不过赵王斋戒了五天,又在朝堂上举行了一个很隆重的送玉璧的仪式。大王也应当斋戒五天,然后再举行一个接受玉璧的仪式。要这么郑重其事地尽了礼,我才敢把'和氏璧'奉上。"秦昭襄王一想:反正你跑不了。他就说:"好!就这么办吧。咱们五天后举行仪式。"他叫人把蔺相如护送到馆舍里去歇息。

蔺相如拿着那块玉璧到了馆舍。他琢磨着:过了五天,仍然得不到那十五座城,怎么办?他就叫一个手下人扮成买卖人的模样,把"和氏璧"包好贴身系着,偷偷地从小道跑回赵国去了。

过了五天,秦昭襄王召集了大臣们和几个在咸阳的别国的使臣,大家伙儿都来参加接受"和氏璧"的仪式。他想借着这个因由来向各国夸耀。朝堂上非常严肃。忽然传令官喊着说:"请赵国的使臣上殿!"蔺相如不慌不忙地走上殿去,向着秦昭襄王行了礼。秦昭襄王见他空着两只手,就对他说:"我已经斋戒了五天,这会儿举行接受玉璧的仪式吧。"蔺相如说:"秦国自从穆公以来,前后二十几位君主,没有一个讲信义的。孟明视欺骗了晋国,商鞅欺骗了魏国,张仪欺骗了楚国……过去的事一件件都在那儿摆着。我也怕受到欺骗,对不起赵王,已经把'和氏璧'送回赵国去了。请大王治我的罪吧!"

秦昭襄王听了大发雷霆,嚷嚷着说:"我依了你斋戒五天,约定今天举行仪式,你竟把'和氏璧'送回去了!是你欺骗了我,还是我欺骗了你?"他气呼呼地对左右说:"把他绑上!"蔺相如面不改色,说:"请大王息怒,让我把话说完了。天下诸侯都知道秦是强国,赵是弱国。天下只有强国欺负弱国,绝没有弱国欺负强国的道理。大王真想要那块'和氏璧'的话,请先把那十五座城交割给赵国,然后打发使者跟着我一块儿到赵国去取那块玉璧。赵国得到了十五座城之后,绝不能不顾信义,得罪大王的。好在各国的使者都在这儿,他们都知道是我得罪了大王,不是大王欺负了弱国的使臣。我的话完了,请把我杀了吧。"

秦国的大臣们听了这番话,你瞧着我、我瞧着你,都不作声。各国的使者都替蔺相如捏着一把汗。两旁的武士正要去绑他,就听到秦昭襄王喝住他们说:"不许动手!"回头对蔺相如说:"我哪儿能欺负先生呢?不过是一块玉璧,我们不应该为了这件小事儿伤了两国的和气。"他很尊敬地招待了蔺相如,让他回去了。

秦昭襄王本来也不一定要得到"和氏璧",只是想借着这件事去试探赵国的态度和力量。蔺相如"完璧归赵",表现了赵国不甘心屈服的决心。可是秦昭襄王总忘不了赵国，要是一个小小的赵国都收服不了，那怎么能兼并六国呢？

公元前279年，秦昭襄王又使了个花招儿，请赵惠文王上渑（miǎn）池（在河南渑池）去跟他相会。赵惠文王怕被秦国扣留，不敢去。蔺相如和大将廉颇都认为要是不去，反倒叫秦国看不起。赵惠文王没法儿，准备硬着头皮去冒一趟险，叫蔺相如跟着他一块儿去，叫廉颇辅助太子留在本国。平原君赵胜对赵惠文王说："最好挑选五千精兵作为随从，再把大队兵马驻扎在三十里外的地方作为接应。"赵惠文王就叫大将李牧带领着五千人，叫平原君带领着几万人，一块儿出发。廉颇还觉得不大妥当，他说："这回大王上秦国去，是凶是吉谁也不敢断定。我想，在道上一去一来，加上两三天的会，至多也不过三十天工夫。要是过了三十天，大王还不回来，能不能把太子立为国君，好叫秦国死了心，无法要挟大王。"赵惠文王答应了。

到了约定的日子，秦昭襄王和赵惠文王在渑池相会，很高兴地喝酒、谈天，彼此都说相见恨晚。秦昭襄王喝了几盅酒，醉醺醺地对赵惠文王说："听说赵王喜欢音乐，弹得一手好瑟。我这儿有把宝瑟，请赵王弹首曲儿，给大伙儿凑个热闹！"赵惠文王脸红了，可不敢推辞，就弹了首曲儿。秦昭襄王称赞了一番。秦国的史官当场就把这件事记了下来，念着说："某年某月某日，秦王和赵王在渑池相会，秦王命赵王鼓瑟。"赵惠文王气得脸都紫了。赵国还没亡呢，秦王竟把赵王当作臣下看待，叫他弹他就弹，还把这种丢脸的事记在历史上，赵国的体面可丢尽了。可是赵惠文王没法儿抗议，只好把气忍在肚子里。

这时候，蔺相如拿着一个缶（fǒu，瓦器），突然跑到秦昭襄王跟前，跪着说："赵王听说秦王挺会秦国的音乐。我这儿有个缶，请秦王敲首曲儿吧！"秦昭襄王立刻变了脸色，不理他。蔺相如的眼睛射出光芒，他说："大王太欺负人了！秦国的兵力虽说强大，可是在这儿五步之内，我就可以把我的血溅到大王身上去！"秦昭襄王见他逼得这么紧，只好拿起筷子在缶上敲了一下。蔺相如回过头去，叫赵国的史官也把这件事记下来,说:"某年某月某日,赵王和秦王在渑池相会,秦王为赵王击缶。"

秦国的大臣眼看着蔺相如伤了秦王的体面,很不服气,就有人站起来说:"请赵王割让十五座城给秦王上寿!"蔺相如站起来对着秦昭襄王说:"请秦王割让咸阳给赵王上寿!"这时候,秦昭襄王已经得到了密报,说赵国的大军驻扎在邻近的地方,人多马壮,随时准备打过来。他知道用武力也得不到便宜,就喝住秦国的大臣,又请蔺相如坐下,和颜悦色地说:"今天是两国君王欢聚的日子,诸位不必多言。"说着,他给赵惠文王敬了一杯酒,赵惠文王也回敬了一杯。双方约定谁也不侵犯谁。渑池之会总算圆满而散。

负荆请罪

赵惠文王回到本国,正好是第三十天。打这儿起,他更加信任蔺相如,拜他为上卿,地位比大将廉颇的还高。这可把廉颇气坏了。廉颇回到家里,满脸通红,气呼呼地对自己的门客们说:"我是赵国的大将,拼着命替赵国打仗,立了多少功劳!蔺相如哪,一个宦官手下的人,就仗着一张嘴,有什么了不起的?倒爬到我的头上来了!有朝一日,他要碰在我的手里,哼!就给他个样儿瞧瞧!"早有人把这话传到蔺相如的耳朵里了。蔺相如就装病,不去上朝,就是有公事,也不跟廉颇见面。蔺相如手下的人都说他胆小,三三两两地谈论着,替他不服气。

有一天，蔺相如带着一队随从出去，老远就瞧见廉颇的车马迎面过来。他连忙叫赶车的退到小巷里去躲一躲，让廉颇的车马过去。这么一来，可把他的门客和底下人都气坏了。他们私下里一商量，派几个领头的去见蔺相如，对他说："我们远离家乡，投奔在您的门下，还不是为了敬仰您吗？如今您和廉颇同朝为官，地位又比他高，他骂了您，您就怕了他，在朝堂上不敢跟他见面，半道上碰见他，也这么躲躲藏藏的，叫我们怎么受得了？要这么下去，人家非得骑在我们脖子上来！我们的气量小，只好跟您告辞了！"

蔺相如拦着他们，说："诸位看廉将军跟秦王哪一个势力大？"他们说："那当然是秦王的势力大。"蔺相如说："对呀！天下的诸侯，哪个不怕秦王？哪个敢反对他？可是为了保卫赵国，我就敢在秦国的朝堂上当面责备他。怎么我见了廉将军反倒会怕了呢？你们替我抱不平，难道我自己就没有火儿吗？可是各位要知道：那样强横的秦国为什么不敢来侵犯咱们赵国呢？还不是因为咱们能同心协力地抵抗敌人吗？要是两只老虎斗起来，准是两败俱伤。秦国知道之后，一定趁机来侵犯赵国。因此，我宁愿忍气吞声，容让点儿。你们想想：是国家要紧，还是个人要紧？"他们听了这番话，一肚子的气全消了，打这儿起，就更加佩服蔺相如了。

后来蔺相如的门客碰见了廉颇的门客，也都能够体贴主人的心意，总是让他们几分。可是廉颇反倒越来越自高自大了。

这件事情被赵国的一位叫虞（yú）卿的名士知道了。他告诉了赵惠文王，赵惠文王请他去调解。虞卿见了廉颇，先夸奖他的功劳。廉颇听了，很高兴。虞卿接着说："要论起功劳来，蔺相如比不上将军；要论起气量来，将军可就比不上他了。"廉颇一听，又犯起他那蛮横劲儿来了。他说："他有什么气量？"虞卿就把蔺相如对门客说的话说了一遍。廉颇当时脸就红了，低着头说："我是个粗鲁人，先生要不说，我还蒙在鼓里呢！这么说来，我……我太对不起他了！"

廉颇送走了虞卿，就脱了衣服，赤裸着上身，背着

廉颇

荆条（"荆"是责打用的木条）跑到蔺相如的家里去请罪。他见了蔺相如，跪在地上说："我是个粗人，见识少，气量窄。哪儿知道您竟这么容让我，我实在没有脸来见您。请您只管责打我，就是把我打死了，我也甘心乐意。"蔺相如连忙跪下，说："咱们两个人一心一意地为赵国尽力，都是重要的大臣。将军能够体谅我，我已经万分感激了，怎么还来给我赔错呢？"廉颇连话都说不出来，只是流着眼泪。蔺相如也哭了。两个人抱着好久不放。将军跟上卿就这么和好了，还做了知心朋友。两个大臣同心协力地保卫赵国，秦国还真不敢来侵犯了。

自从渑池相会之后，整整十年，秦国和赵国没发生过什么大的冲突。可是在这十几年里，秦国从楚国、魏国得到了不少土地。到了公元前270年，秦国又打算发兵去打齐国。正在这时，秦昭襄王接到了一封信，落名"张禄"，说有非常紧要的话来奉告他。秦王一时想不起张禄这个人。这张禄究竟是谁呀？

远交近攻

张禄是魏国人，他的原名叫范雎（jū），投在魏国的大夫须贾（gǔ）门下做门客。当初燕国联合五国共同攻打齐国的时候，魏国也曾出兵帮助燕国。后来，田单用火牛阵打败了燕军，恢复了齐国，齐襄王法章即位，发愤图强。魏昭王怕他来报仇，就跟相国魏齐商量，打发大夫须贾上齐国去缔结友好关系。须贾带着范雎一起去了。

齐襄王见了魏国的使臣，想起以前的仇恨，痛骂魏国不该帮助燕国来打齐国。他说："这个仇我还没报呢，你们倒还有脸来见我！"须贾迎头碰了钉子，说不出话来。范雎在旁边替他回答说："如今大王即位，我们的国君非常高兴，希望大王能接续桓公（指春秋五霸之一的齐桓公）的事业，好替湣王遮盖遮盖，这才打发使臣前来庆贺，希望两国重新和好。哪儿知道大王只知道责备别人，不想想齐国自己的错处。难道大王不学桓公的样儿，反要学湣王的样儿吗？"齐襄王听了，不由得拱着手说："这是我的不是！"回头问须贾："这位先生是谁？"须贾说："是我的门客，叫范雎。"

齐襄王很器重范雎，就想把他留在齐国。齐襄王打发人背地里去见范雎，来人对范雎说："我们大王十分钦佩先生，打算请先生做客卿，请别推辞。"还送给他十斤金子、一盘子牛肉、一瓶子好酒。范雎坚决地推辞了。来人一定要请他把礼物收下，还说："这是我们大王的诚意，先生要不收下，叫我怎么回去交代呢？"他苦苦地央告，说什么也不走，闹得范雎只好把牛肉和酒留下，那十斤金子则坚决不收。

早有人把这件事向须贾报告去了，须贾疑心范雎私通齐国。他们回到魏国之后，须贾把这事告诉了相国魏齐。魏齐认为范雎一定把魏国的机密大事告诉了齐襄王,就下令严刑拷打,要范雎招供。范雎嚷嚷着说:"老天爷在上头,我并没做错什么事,叫我招认什么呢?"须贾坐在一旁只是冷笑。魏齐十分恼怒,吩咐底下人把他打死。起先范雎还直喊冤枉,打到后来,一点儿声音也没有了。手下的人报告说:"已经断气了!"魏齐亲自下来一瞧,见他浑身没有一处好地方,一根肋骨折了,戳到肉皮外头,两颗门牙也掉了。魏齐叫手下的人拿一领破苇席把他裹起来,扔在厕所里,叫宾客们往他身上撒尿。

天黑下来,范雎慢慢地苏醒过来,只见一个下人在那儿看着他。范雎对他说:"我活是活不了啦!我家里还有几两金子,你要是能让我死在家里,我把金子全给你。"那个人说:"您还得跟死人一样躺着,我去请求相国。"他向魏齐报告,说范雎的尸首发臭了。魏齐就说:"扔到城外,叫鹞鹰收拾他去。"

看尸首的那个人等到半夜,趁着别人不注意的时候,把范雎背到范家。范家的人一见,全都哭了。范雎叫他们别声张,又叫他媳妇儿拿出金子来谢了那个人,把那领破苇席交给他,嘱咐他扔到城外荒地里。范雎跟媳妇儿说:"魏齐也许还会打听我的下落,你快把我送到西门郑家去。"家里人只好连夜把他弄到他的好朋友郑安平的家里。范雎又嘱咐家里千万别走漏风声,叫他们第二天在家里号丧穿孝。

郑安平给范雎上药调养,等到范雎能够活动了,就把他送到山里隐居起来。范雎更姓改名叫张禄。打这儿起,再没有人提起范雎了。后来通过郑安平的安排,张禄到了秦国咸阳。秦昭襄王叫他住在客馆里,等候召见。

张禄住在客馆里足有一年多,秦昭襄王没召过他一回。张禄觉得很失望。有一天,他在街上走,听街上的人纷纷议论着,说丞相穰(ráng)侯要去攻打齐国的刚寿(刚邑和寿邑)。张禄拉住一位老头儿,问他:"齐国离着秦国那么远,中间还有韩国和魏国,怎么跑到那么远去打刚寿啊?"那个老头儿咬着耳朵对他说:"你还不知道吗?我们秦国的大权都掌握在太后和丞相手里。刚

死范雎计逃秦国

寿跟丞相的封邑陶邑（在山东定陶）紧挨着。丞相把它打下来，不是增加了自己的土地吗？"张禄回到客馆，当天晚上就给秦昭襄王写了封信，说有极其重要的话奉告。秦昭襄王看了信，定下日子，约他到离宫相见。

到了那天，张禄上离宫去，在半道儿上碰见秦昭襄王坐着车过来了。他不迎接，也不躲避，大模大样地照旧走他的道儿。左右的人叫他躲开，说："大王来了！"张禄回说："什么？秦国还有大王吗？"正在争吵的时候，秦昭襄王到了。张禄还在那儿嚷嚷说："秦国只有太后、穰侯，哪儿有什么大王啊？"这句话正说在秦昭襄王的心坎儿上。他急忙下车，恭恭敬敬地把张禄请上车去，一块儿去离宫。

秦昭襄王叫左右退下，向张禄拱了拱手，说："我仰慕先生大才，诚恳地请先生指教。不管是什么事，上自太后，下至朝廷大臣，先生只管直说，我没有不愿意听的。"张禄说："大王能给我这么个机会，我就是死了也甘心。"说着他拜了一拜，秦昭襄王也向他作了个揖。君臣俩就谈论起来了。

张禄说:"论起秦国的位置,哪个国家有这么好的天然屏障?论起秦国的兵力,哪个国家有这么些兵车、这么勇敢的士兵?论起秦国的人,哪个国家的人也没有这么守法的。除了秦国,哪个国家能够管理诸侯、统一中原呢?秦国虽说是一心想要这么干,可是几十年来也没有多大的成就。这就是因为没有一定的政策,光知道一会儿跟这个诸侯订立盟约,一会儿跟那个诸侯打仗。听说大王新近又上了丞相的当,要发兵去打齐国。"

秦昭襄王问:"这有什么不对的吗?"张禄说:"齐国离秦国这么远,中间隔着韩国和魏国。要是出去的兵马少了,也许会被齐国打败,让各国诸侯取笑;要是出去的兵马多了,国内也许会出乱子。就算一帆风顺地把齐国打败了,大王也不能把齐国跟秦国连接起来,那以后怎么管?当初魏国越过赵国把中山国打败了,后来中山国倒被赵国兼并了去。为什么呢?还不是因为中山国离赵国近、离魏国远吗?我替大王着想,最好是一面跟齐国、楚国交好,一面向韩国和魏国进攻。离着远的国家既然跟我们有了交情,就不会老远地去干预跟他们不相干的事。把邻近的国家打下来，就能够扩张秦国的地盘，打下一寸就是一寸，打下一尺就是一尺。把韩国和魏国兼并之后，齐国和楚国还站得住吗？这种像蚕吃桑叶似的、由近而远的办法，叫作'远交近攻'。"秦昭襄王拍着手说："秦国要真能兼并六国，统一中原，全仰仗先生的'远交近攻'计策了。"当时他就拜张禄为客卿，照着他的计策去做，把攻打齐国的兵马都撤回来。打这儿起，秦国就把韩国和魏国作为进攻的主要目标了。

秦昭襄王非常信任张禄，老在晚上单独跟他谈论朝廷大事。这样过了几年，张禄知道秦昭襄王已经完全信服他了，就很严密地告诉他怎么建立君王的实权，怎么削弱太后和贵族的势力。秦昭襄王就很小心地布置了自己的兵力。公元前266年，秦昭襄王收回了穰侯的相印，叫他回到陶邑去。穰侯把他历年搜刮来的财宝装了一千多车，其中有好些宝物连秦国国库里都没有。过了几天，秦王又打发最有势力的三家贵族上关外去住。末了儿，他逼着太后养老，不许她参与朝政。他拜张禄为丞相，把应城（在河南平顶山）封给他，称他为应侯。

秦昭襄王按照丞相张禄的计策，准备去进攻韩国和魏国。魏安釐王得到了这个消息，立刻召集大臣们商量怎么办。魏公子信陵君说："秦国无缘无故地来打咱们，欺人太甚了。咱们应当守住城，狠狠地与秦军打一仗。"相国魏齐说："现在秦是强国，魏是弱国，咱们哪儿打得过人家？听说秦国的丞相张禄是魏国人，他对父母之邦总有点儿情分。咱们不如先跟他交往交往，请他从中说情。"魏安釐王依了魏齐的主张，打发大夫须贾上秦国去求和。

赠送绨袍

须贾到了咸阳，住在宾馆里，打算先去求见丞相张禄。张禄一听说须贾来了，心里又是高兴又是难受，说："我报仇的时候到了！"他换了一身破旧的衣服去拜见须贾。须贾一见是范雎，吓了一大跳，挣扎着说："范叔……你……你还活着吗？我以为你被魏齐打死了。你怎么会跑到这儿来？"范雎说："他把我扔在城外，第二天我缓醒[1]了过来。也是我命不该绝，正巧有个做买卖的打那边路过，发了善心，救了我一条命。我也不敢

---

[1] 缓醒：失去知觉之后又恢复过来。——编者注

回家，就跟他上秦国来了。想不到在这儿还能跟大夫见面。"须贾问他："范叔到了秦国，见着秦王了吗？"范雎说："当初我得罪了魏国，差点儿丧了命。如今跑到这儿来避难，哪儿还敢再多嘴啊！"须贾说："那么，范叔在这儿靠什么过活呢？"范雎说："给人家当个使唤人，凑合活着。"

须贾知道范雎的才干，当初怕魏齐重用他，对自己不利，因此巴不得魏齐把他治死。如今范雎到了秦国，须贾就想不如好好地待他，免得他记恨在心。须贾就叹了口气说："想不到范叔的命运这么不济，我真替你难受。"说着，就叫范雎跟他一同吃饭，很殷勤地招待。

那时候正是冬天。范雎穿的是破旧的衣裳，冻得直打哆嗦。须贾显出怜悯的样子，对他说："范叔寒苦到这步田地，我真替老朋友难受。"他就拿出一件茧绸大袍子（古文作"绨袍"）来，送给范雎穿。范雎推辞着说："大夫的衣服，我哪儿敢穿？不敢当，不敢当！请大夫收回，我心领了。"须贾说："别再大夫大夫的了！你我老朋友，何必这么客气呢？"范雎就把那件袍子穿上，再三向他道谢，接着问他："大夫这次上这儿来，有什么事情吗？"须贾说："听说秦王十分重用丞相张禄，我想跟他交往交往，可就是没有人给我引见。你在这儿这么些年了，朋友之中总有认识张丞相的吧，给我引见引见，成不成？"范雎说："我的主人也是丞相的朋友。我跟着他也去过几次相府。丞相喜欢谈论，有时候，我们主人一时答不上来，我就凑合着替他回答。丞相见我口齿还好，时常赏我一点儿吃食，还算瞧得起我。大夫要想见见丞相，我就伺候着大夫去见他吧。"

须贾听到这儿，不由得对他尊敬起来，马上把"你"字改为"您"字，还想试探他到底是不是丞相的朋友，就说："您能陪我同去，再好不过了。可是我的车马出了毛病，车轴头折了，马拧了腿。您能不能借一套车马？"范雎说："我们主人的车马倒可以借用一下。"说着他就出去了。

不一会儿工夫，范雎赶着自己的车马来接须贾。须贾心里犹犹豫豫的，怀着一肚子鬼胎，只好上了车，跟着他一块儿去见丞相。到了相府门口，下了车。范雎对须贾说:"大夫在这儿等一等,我去通报。"范雎就先进去了。须贾在门外等着,正等得心烦意躁的时候,忽然听见里边"丞相升堂"的喊声,可还不见范雎出来。须贾就问看门的说:"刚才同我一块儿来的范叔,怎么还不出来?"那个看门的说:"哪儿来的范叔?刚才进去的是我们的丞相啊!"须贾一听,才知道范雎就是张禄,吓得脑袋嗡嗡直响,立马脱下了使臣的礼服,跪在门外,对看门的说:"烦你通报丞相,就说魏国的罪人须贾跪在门外等死!"

须贾跪在门外,里面传令出来叫他进去。他不敢站起来,就用膝盖跪着走,一直跪到范雎面前,连连磕头,嘴里说:"我须贾瞎了眼睛,得罪了大人,请把我治罪吧!"范雎坐在堂上,问他:"你犯了几件大罪?"须贾说:"我的罪跟我的头发一般多,数不过来。"范雎说:"我是魏国人,祖坟都在魏国,才不愿意在齐国做官。你硬说我私通齐国,在魏齐跟前诬告我。魏齐发怒,叫人打去了我的门牙,打折了我的肋骨,你连拦都不拦一下。他用一领破苇席把我裹着扔在厕所里,你喝醉了还在我身上撒尿,我受了这么大的冤屈和侮辱,如今你碰在我手里,这是老天爷叫我报仇啊!我该不该砍了你的头?该不该打落你的门牙,打断你的肋骨,也拿一领破席把你裹上扔给狗吃?"须贾磕头磕出声音来,连连说:"该!该!太应该了!"范雎接着说:"可是你送我这件绨袍,做得还有点儿人情味儿。就为了这一点,我饶了你的命。"须贾没想到范雎会饶恕他,流着眼泪,又一个劲儿地磕头。范雎叫他先回宾馆,第二天来谈公事。

第二天,范雎对秦昭襄王说:"魏国派使臣来求和,咱们不用一兵一卒,就能够把魏国收过来,这全仗着大王的德威。"秦昭襄王很高兴,还说:"也是你的功劳。"突然范雎趴在地上,说:"我有件事瞒着大王,求大王饶了我!"秦昭襄王把他扶起来,说:"你有什么为难的事只管说,我绝不怪你。"范雎说:"我并不叫张禄,我是魏国人范雎。"他就把逃到秦国来的经过,从头到尾说了一遍,接着说:"如今须贾到这儿来,我的真姓名已经泄露了,求大王宽恕。"

假张禄庭辱魏使

秦昭襄王说:"我不知道你受了这么大的委屈。如今须贾自投罗网,我把他杀了,给你报仇。"范雎说:"他是为了公事来的,哪儿能为难他呢?再说成心打死我的是魏齐,我不能把这件事完全怪在须贾身上。"秦昭襄王说:"那魏齐的仇,我一定给你报,须贾的事,你瞧着办吧。"

范雎出来,把须贾叫到相府里来,对他说:"你回去跟魏王说,快把魏齐的脑袋送来,秦王就答应魏国割地求和。要不然,我就亲自领着大军去打大梁,那时候他可别后悔。"

须贾谢过了范雎,连夜回去了。他见了魏安釐王,把范雎的话说了一遍。魏安釐王愿意割地求和。魏齐被逼得走投无路,终于自杀。这以后,秦昭襄王按照范雎"远交近攻"的计策,一边跟齐国、楚国交好,一边进攻邻近的小国,首先是韩国。

坑杀赵卒

公元前261年，秦昭襄王派大将王龁（hé）进攻韩国，占领了野王城（在河南沁阳），切断了上党（在山西长治）和韩国都城（在河南新郑）的联络。这样一来，上党的军队就变成了孤军。孤军的首领冯亭对将士们说："与其投降秦国，不如投降赵国。赵国得到了上党，秦国一定会去争。这样，赵国就不得不和韩国联合起来，共同抵抗秦国。"大伙儿全都赞成这个办法。冯亭就打发使者带着上党的地图去献给赵国。这时候赵惠文王已经死了，他儿子即位，就是赵孝成王，蔺相如已经因病告退，平原君赵胜做了相国。

赵孝成王派平原君带领五万人马去接收上党，仍然让冯亭为上党太守。平原君临走的时候，冯亭对他说："上党归了赵国，秦国一定来攻打。公子回去之后，请赵王快派大军来，才能打退秦军。"

平原君回去把所有的经过向赵孝成王报告。赵孝成王非常高兴，天天喝酒庆祝，反倒把抵抗秦国的事搁下了。秦国的大将王龁随后就把上党围住。冯亭守了两个月，一直不见赵国的救兵。将士们和老百姓都急得没有办法，只好开了城门，拼命往赵国逃跑。冯亭的残兵败将带着上党的难民，一直逃到了长平关（在山西高平西北），这才碰见赵国的大将廉颇率领二十万大军来救上党，可是上党已经丢了。

廉颇和冯亭会合，正打算反攻，秦国的兵马跟着就到了，一下子把赵国的前哨部队打败。廉颇连忙退回阵地，稳住阵脚，叫士兵们增高堡垒，加深壕沟，准备跟远来的秦军对峙，做长期抵抗。王龁屡次向赵军挑战，赵军拒不出战。就这样耗了足有四个多月，王龁想不出进攻的法子。他派人去禀报秦昭襄王，说："廉颇是个很有经验的老将，不轻易出来交战。我们老远地来到了这儿，真要是这么长时间对峙下去，粮草接济不上，可怎么办呢？"

秦昭襄王请应侯范雎出个主意。范雎说："要打败赵国，必须先想个办法让赵国把廉颇调回去。"秦昭襄王说："这哪儿办得到啊？"范雎说："让我试试看。"

过了几天，赵孝成王听到左右纷纷议论，说："廉颇太老了，哪儿还敢跟秦国打呢？要是派那年富力强的赵括去，秦国这点儿兵马早就被他打散了。"赵孝成王派人去催廉颇快跟秦国开仗，廉颇还是不动声色地坚守阵地。这可把赵孝成王气坏了。赵孝成王立刻把赵括叫来，问他能不能把秦军打退。赵括说："要是秦国派白起来，我还得考虑一下。如今来的是王龁，他只是廉颇的对手。要是碰上我，不是我说大话，简直就像秋天的树叶遇见大风，全都得刮下来！"赵孝成王一听，特别高兴，当即就拜赵括为大将，去替换廉颇。

赵括还没动身，他母亲就上了一道奏章，请求赵孝成王别派她儿子去。赵孝成王就把她召了来，要她说一说理由。赵括的母亲对赵孝成王说:"他父亲赵奢(赵国名将)临死的时候再三嘱咐,说:'打仗是多么危险的事儿,战战兢兢(jīng),处处都得考虑到,还怕有疏忽之处。赵括这小子却把军事当作闹着玩儿似的,一谈起兵法来,就眼空四海,目中无人。将来要是大王用他为大将的话,我们一家大小遭了灾祸倒还在其次,怕的是连国家都要断送在他手里。'为了这个,我请求大王千万别用他。"赵孝成王说:"我已经决定了,您就别多嘴了。"他叫赵括再带领二十万兵马,一直向长平关进发。

公元前260年,赵括到了长平关,请廉颇验过兵符(两块可以符合的老虎形的信物,所以"兵符"也叫"虎符"),办了移交。廉颇就回邯郸去了。赵括统领着四十多万大军,声势十分浩大。他下了一道命令,说:"秦国来挑战,必须迎头打回去;敌人打败了,就得追下去,非杀得他们片甲不留。"冯亭劝止他,把廉颇成心消耗秦国兵马的用意说了一遍。赵括说:"老头儿懂得什么?"

那边范雎一得到赵括替换廉颇的信儿，就打发武安君白起去指挥王龁。白起布置了埋伏，故意打了几次败仗，把赵括的军队引了出来，然后切断了他们的后路。赵括的大军就这么变成了孤军。他们守了四十六天，内无粮草，外无救兵，结果赵括被乱箭射死，冯亭自杀，赵军全垮了。白起命人挑着赵括的脑袋，叫赵军投降。赵军已经饿得没有力气了，他们一听说主将被杀了，全都扔了家伙，投降了。

白起一检查投降的赵军，一共有四十多万人。他把降兵分为十个营，每营配上秦国的士兵，由秦国的将军管理着。当天晚上，秦国的士兵把牛肉和酒都搬到赵军的兵营里去，给赵国士兵大吃一顿，还说明天改编军队，凡是年岁大的、身体弱的，或者不便去秦国的，都让他们回家去。四十多万赵兵吃得酒足饭饱，一听到这个命令，欢天喜地地睡觉去了。

王龁偷偷地对白起说："将军真这么优待他们吗？"白起说："上回你打下了野王城，上党已经可以到手了，可是他们却投降了赵国。可见这儿的人是不愿意归附咱们的。如今投降的人四十多万，随时随刻都能叛变，谁管得住他们？你去通知那十个将军，今天晚上把赵兵全都杀了！"

秦国的士兵得到了这个秘密的命令，就一齐动手。那些投降了的赵国人，一来没有准备，二来手里没有兵器，全被秦国人捆上，推到大坑里活埋了。这是战国时期最残酷的一次大屠杀。赵国四十多万士兵，只留下了二百四十人，叫他们活着回邯郸去传扬秦国的威风。

那二百四十个小兵跑回赵国一报告，整个赵国一片哭声。这还不算，秦国把上党一带十七座城都夺了去，武安君白起亲自率领大队人马，要来围攻邯郸。赵孝成王、平原君和大臣们惊慌失措，一点儿主意都没有了。可巧，燕国的大夫苏代（苏秦的族弟）在平原君家里。苏代愿意帮助赵国，就自告奋勇地去见范雎，请他在秦王跟前给赵国和韩国求情。范雎一来怕白起势力太大，不容易管得住；二来几次打仗，秦国的兵马也死伤不少，需要调整，他就叫韩国和赵国割让几座城，答应他们讲和。秦昭襄王全都同意，吩咐白起撤兵回国。

败长平白起坑赵卒

白起实在不愿意退兵。后来他听说这是应侯出的主意，背地里大发牢骚。已经过了两年，他还是唠唠叨叨地对门客们说："那次不该退兵，要是连着打下去，至多一个月准能把邯郸拿下来。"白起的话传到秦昭襄王的耳朵里，他后悔了，就想再叫白起去打赵国。白起装病不去。秦昭襄王就叫大将王陵带领十万兵马去攻打邯郸。可是王陵的对手不是那个只会"纸上谈兵"的赵括，而是能征惯战的大将廉颇！王陵吃了几次败仗，连连向本国请求救兵。

秦昭襄王再一次派白起去替换王陵。白起对秦昭襄王说："上回赵国打了败仗，死了四十多万人，全国慌乱。那时候火速进攻，我是有把握的。如今过了两年，赵国已经喘过气来，再说各国诸侯都知道赵国割地求和，秦国已经跟赵国和好了，现在忽然又打过去，人家准说咱们不讲信义，也许去帮助赵国。因此，咱们这回出兵，未必能胜。"他干脆就不去了。

秦昭襄王生了气，他说："难道除了白起之外，秦国就没有大将了吗？"他叫大将王龁去替换王陵，再给他十万兵马。王龁统领二十万大军，把邯郸围了快半年了，可就是打不下来。白起对门客们说："我早就说过邯郸打不下来，大王偏不听我的话。你们看，如今到底怎么样了？"秦昭襄王听到了这些话，知道白起不服气，就革了他的官职。白起还是唠唠叨叨地直发牢骚，秦昭襄王就送他一把宝剑，让他自杀了。

秦昭襄王杀了白起，又派郑安平带领五万精兵去帮助王龁打赵国。赵孝成王一看秦国又增了兵，看样子是非把邯郸打下来不可，急得请平原君想办法去向各国求救。平原君说："魏公子无忌（就是信陵君）是我的亲戚，再说我们跟他一向有交情，他准能劝魏王发兵来救。楚国很有实力，就是离这儿远些。我要亲自去一趟，楚王也许能帮咱们。"赵孝成王就请平原君辛苦走一趟。

毛遂自荐

平原君打算带二十个文武双全的人跟他一同到楚国去。他也有三千多个门客，要挑选二十个人本来不算难事。可是这些人，文是文的，武是武的，要文武全才真不易找。平原君挑来挑去，对付着挑了十九个人。这可真把他急坏了。他叹息着说："我费了几十年时间，养了三千多人，如今连二十个人都挑不出来，真太叫我失望了。"那些平日就知道吃饭的门客，这时候听了这话，恨不得有个耗子洞能钻进去。

忽然有个坐在末位的门客站起来，推荐自己说："不知道我能不能来凑个数？"好些人都拿眼睛瞪他，似

平原君

相士滿天下橐中復失之美人頭已斬
壁者計如斯荊楚定盟後邯鄲望
救時嫻珠不負宗社足支持
鷲鴻仙館主書

平原君

乎是在叫他趁早闭上嘴。平原君笑着说:"你叫什么名字?"他说:"我叫毛遂,大梁人(大梁,就是魏国的国都),到这儿三年了。"平原君冷笑一声,说:"有才能的人就好像一把锥子搁在兜儿里,它的尖儿很快就露出来了。可是先生在我这儿三年了,我就没见你露过一回面。"毛遂也冷笑一声,说:"这是因为我到今天才叫您看了这把锥子。您要是早点儿把它搁在兜儿里,它早就戳出来了,难道单单露出个尖儿就算了吗?"平原君倒佩服毛遂的胆子和口才,就拿他凑上二十人的数,当天辞别了赵王,上楚国陈都(在河南淮阳)去了。

一天,平原君跟楚考烈王在朝堂上讨论着合纵抗秦的大事,毛遂和其他十九个人站在台阶下等着。平原君把嘴都说得冒了白沫子,楚考烈王说什么也不同意抵抗秦国。他说:"合纵抗秦是贵国提出来的,但后来被张仪破坏了,可见合纵之约并不坚定,也得不到什么好处。我们的怀王当了纵约长,下场是死在秦国;齐湣王也想当纵约长,反倒被诸侯杀了。各国诸侯就只能自顾自,谁要打算联合抗秦,谁就先倒霉。还有什么话可说呢?"

平原君说:"以前的合纵抗秦也确实有用处。自从苏秦提议合纵抗秦、六国于洹水之会结为兄弟之后,秦国的军队就不敢跑出函谷关来。后来楚怀王上了张仪的当,想去攻打齐国,就这么被秦国钻了空子。这可不是合纵的毛病。齐湣王呢,借着合纵的名义打算吞并天下,惹得各国诸侯跟他翻了脸。这也不是合纵的失策。"

楚考烈王还是不同意,说:"话虽如此,可是事情都在那儿明摆着。秦国一出兵,就把上党一带十七座城打下来了,还坑杀了四十多万投降的赵卒。如今秦国的大军围上邯郸,叫我们离着这么远的楚国可有什么办法呢?"平原君分辩说:"提起长平关的那次战争,是由于用人不当。赵王要是一直信任廉颇,白起就未见得能赢。如今王龁、王陵用了二十万兵马,把邯郸围了足足有一年了,还不能打败敝国。要是各国的救兵联合在一起,一定能把秦国打败,列国就能太平几年了。"

楚考烈王又提出了一个不能帮助赵国的理由来,说:"秦国近来跟敝国很要好。敝国要是加入合纵,秦国一定会把气恨挪到敝国头上来。这不是叫敝国代人受过吗?"平原君反对说:"秦国为什么跟贵国和好呢?还不是为了一心要灭'三晋'吗?等到'三晋'灭了,贵国还能保得住吗?"

楚考烈王到底因为害怕秦国,愁眉苦脸地总是不敢答应平原君,只得低着脑袋,抓抓耳朵,挠挠头皮,显着对不起的样子。突然他瞧见一个人拿着宝剑上了台阶,跑到他跟前,嚷着说:"合纵不合纵,只要一句话就行了。怎么从早晨说到中午,还没说停当啊!"楚考烈王很不乐意地问平原君:"他是谁?"平原君说:"是我的门客毛遂。"楚考烈王就绷起脸骂毛遂说:"咄(duō)!我跟你主人商议国家大事,你多什么嘴?还不滚下去!"

毛遂拿着宝剑又往前走了一步,说:"合纵抗秦是天下大事。天下大事天下人都有说话的份儿!这怎么叫多嘴呢?"楚考烈王见他拿着剑上来,害怕了,又听他说出来的话挺有劲儿,只好换了副笑脸,对他说:"先生有什么高见,请说吧。"

毛遂说："楚国有五千多里土地，一百万甲兵，原来就是个大国。自从楚庄王以来，一直做着霸主。以前的历史多么光荣！没想到秦国一兴起，楚国就连着打败仗。堂堂的国君当了秦国的俘虏，死在敌国。这是楚国最大的耻辱。紧接着又来了白起那小子，把楚国的国都（郢都）夺了去，改成了秦国的南郡，逼得大王迁都到这儿（指陈都）。这种仇恨，十年、二十年、一百年也忘不了哇！把这么天大的仇恨说给小孩子听，他们也会难受，难道大王不想报仇吗？今天平原君来跟大王商议抗秦的大事，这也是为了楚国，哪儿单是为了赵国啊！"

这段话一句句就像锥子似的扎在楚考烈王的心坎儿上。他不由得脸红了，连着说："是！是！"毛遂又接了一句，说："大王决定了吗？"楚考烈王说："决定了。"毛遂当时就叫人拿上鸡血、狗血、马血来。他捧着盛血的铜盘子，跪在楚考烈王跟前，说："大王做合纵的纵约长，请先歃（shà）血。"楚考烈王和平原君就当场歃血为盟。平原君和那十九个门客全都佩服这把"锥子"的尖锐劲儿。

公元前258年,楚考烈王派春申君黄歇为大将,率领八万大军,同时魏安釐王派晋鄙为大将,率领十万大军,共同去救赵国。平原君和二十个门客回到赵国,天天等着楚国和魏国的救兵。可是等了好些日子,一路救兵都没到。平原君派人去探听,才知道楚国的兵马驻扎在武关,魏国的兵马驻扎在邺下(在河北临漳西)。这两路救兵全都停下了,也不往前进,也不往后退。这是为什么呢?

盗符救赵

秦昭襄王一听到魏国和楚国发兵去救赵国,就亲自跑到邯郸去督战。他派人对魏安釐王说:"邯郸早晚得被秦国给打下来。谁要去救,秦国就先打谁!"魏安釐王吓得连忙派使者去追晋鄙,叫他在当地安营,别再往前进。晋鄙就把魏国的十万兵马驻扎在邺下。楚国春申君听说魏国的兵马不再往前进,也就在武关停下来了。秦王把两路救兵吓唬住,就命大将王龁加紧攻打邯郸。赵孝成王急得没有办法,只好再打发使者偷偷地跑到魏国,催魏安釐王快点儿进兵救赵。

赵国的使者见了魏安釐王,请他催晋鄙进兵。魏安釐王想要进兵,但怕得罪秦国;不进兵吧,又怕得罪赵国。他只好不进不退地耗着。平原君也派人上邺下去请魏国大将晋鄙进兵。晋鄙回答平原君说:"魏王叫我驻扎在这儿,我不能自作主张。"平原君又给魏公子信陵君写了一封信,大意是说:"我一向佩服公子,跟您结为亲戚,我觉得很荣幸。如今邯郸万分危急,敝国眼看快要亡了。全城的人眼巴巴地盼着救兵来。贵国的大军竟停在邺下,说什么也不再往前进。我们在火里,他们倒挺坦然。您姐姐(平原君的夫人是信陵君的姐姐)黑天白日地哭着,劝解她的话我都说尽了。公子也得替您姐姐想一想啊!"

信陵君接到了这封信,心里就像有好几百条虫子咬他似的。他再三再四地央求魏安釐王叫晋鄙进兵。魏安釐王始终不答应。信陵君对门客们说:"大王不愿意进兵,怎么办哪?好吧!我自己上赵国去,要死就跟他们死在一起。"他预备了车马,决计上赵国去跟秦军拼命。有一千多个门客也愿意跟着他一块儿去。

他们路过东门,信陵君下了车,去跟他最尊敬的朋友侯嬴辞别。侯嬴很冷淡地说:"公子保重。我老了,不能跟您一块儿去,请别怪我。"信陵君向他拱了拱手,丢了魂儿似的看着他,等着他再说几句话。这是最后一次见面了,可侯嬴没再说什么。信陵君只好走了,还不断地左回头、右回头地瞧着侯嬴。侯嬴还是不动声色地站在那儿。

信陵君在道上越想越难受,自言自语地叹息着说:"我拿他当知心人,他倒眼瞧着我去送死,连一句体贴的话都没有。"他越想越伤心,走了几里地,再也忍不住,就叫门客们站住,自己再去跟侯嬴说句话。

侯嬴还在门外站着。他见了信陵君,就笑着说:"我料定公子准得回来!"信陵君说:"是啊!我想我一定有得罪先生的地方,因此特地回来请先生指教。"侯嬴说:"公子收养了几十年的门客,吃饭的有三千人,怎么没有一个替您想想办法,反倒让您去跟秦国拼命?您这么上秦国的兵营里去,正像绵羊去跟狼拼命,不是白白去送死吗?"信陵君说:"我也知道没有什么用处。可是我这么一死,总算尽我的力量了!"侯嬴说:"公子进来坐一会儿,咱们商量商量吧。"

信陵君

侯嬴支开了旁人,对信陵君说:"听说咱们的大王在宫里最宠爱的是如姬,对不对?"信陵君连连点头说:"对,对!"侯嬴接着说:"当初如姬的父亲被人害死,她请大王给她报仇,大王派人去找那个仇人,找了三年也没找着。后来还是公子叫门客去帮如姬报的仇,把仇人的脑袋给她送了去。有这么一回事没有?"信陵君说:"有,有!"侯嬴说:"如姬因为这件事,非常感激公子,她就是替公子死,也是心甘情愿的。因此,只要公子请她把兵符盗出来,咱们拿了兵符去夺取晋鄙的军队,就能跟秦国打了。这比空手去送死不是强得多吗?"

信陵君听了,好像从梦里醒过来一样。当下拜谢了侯嬴,并叫门客们暂且在城外等着,自己回到家里,托了一个跟他有交情的叫颜恩的内侍,去跟如姬商量。如姬说:"公子的命令我决不推辞,就是赴汤蹈火我也干。"当天晚上,如姬伺候魏安釐王睡下,到了半夜,趁着他正睡得香的时候,把兵符偷了出来,交给颜恩。颜恩立刻送到信陵君那儿。

信陵君拿着兵符,再上东门去跟侯嬴辞别。侯嬴说："万一晋鄙验过兵符，不把兵权交出来，怎么办？"信陵君突然觉得脊梁上被浇了一桶冰水，皱着眉头说："这……这怎么办？"侯嬴接着说："我的朋友朱亥，是天下数一数二的大勇士，公子可以请他出点儿力。要是晋鄙痛痛快快地把兵权交出来，最好。要是他不答应，就叫朱亥杀了他。"信陵君鼻子一酸，伤心地说："晋鄙老将忠心耿耿，没做错事。他不答应我，也是应当的呀。我要是杀了他，这叫我怎么不痛心啊？"侯嬴说："死一个人，救了一国的危急，还不值吗？咱们应当从大处着想，婆婆妈妈的怎么能行啊？"

侯嬴和信陵君到了朱亥家里，侯嬴向他说明了来意。朱亥一口答应下来。侯嬴说："照理，我也应当一块儿去，可是我老了，跟着你们反倒叫你们多一份麻烦。祝你们马到成功！"信陵君不敢再耽误，就立刻带着朱亥上了车，走了。

信陵君带着朱亥和一千多个门客到了邺下，见了晋鄙，对他说："大王因为将军在外面辛苦了好几个月，特地派无忌（信陵君，名无忌）来接替。"说着，就叫朱亥奉上兵符，请他核验。晋鄙把兵符接过来，再跟自己带着的那一半兵符一合，果然合成了一个老虎形的信物。虎符完全符合，是真的。可是他想了一想，说："请公子暂缓几天，我把将士们的名册整理出来，把军队里的事务结束一下，然后再清清楚楚地把兵权交出来。"信陵君说："邯郸形势十分紧急，我想连夜进兵去救，哪儿能耽误日子啊？"晋鄙说："不瞒公子说，这是军机大事，我还得奏明大王，方能照办。再说……"他的话还没说完，朱亥大喝一声，说："晋鄙！你不听王命，竟敢反叛！"晋鄙问他："你是谁？干什么？"朱亥拿出一个四十斤重的大铁锤，冲着晋鄙的脑袋一砸，说："我是惩办反叛的！"晋鄙的脑袋当时就被砸碎了。

信陵君拿着兵符对将士们说："大王有令，叫我接替晋鄙去救邯郸。晋鄙不听命令，已经治死了。你们不用害怕。服从命令，一心一意去杀敌人的，将来都有重赏！"兵营里静悄悄的，连个咳嗽的都没有，大伙儿就等着进军的命令。

信陵君下了一道命令："父亲和儿子都在军队里的，

父亲可以回去；哥哥和弟弟都在军队里的，哥哥可以回去；独子可以回去养活老人；有病的或者身子弱的，也可以回去。"大概十成里有两成的士兵请求回去。信陵君重新编排队伍，总共有八万精兵。信陵君亲自出马跑到最前面，指挥将士们向秦国的兵营冲杀过去。秦国的将军王龁没想到魏国的军队突然会来攻打，手忙脚乱地抵抗了一阵。平原君开了城门，带着赵国的军队杀了出来。两边夹攻，打得秦国的军队就像山崩似的倒了下来。多少年来，秦国没打过这样的大败仗。秦昭襄王赶紧下令退兵，但已经死伤了一半人马。郑安平的两万人被魏国的军队切断了退路，变成了孤军。他叹了一口气，说："我本来是魏国人，还是回到本乡本土去吧。"他带领两万人马投降了信陵君。

赵孝成王亲自来到魏国兵营向信陵君道谢，他说："这回赵国没亡，全仰仗公子！"平原君更是感激信陵君，在他前面领路，把他迎接到城里。信陵君进了邯郸城，赵王特别恭敬地招待他，又封他五座城。信陵君向他说明盗符救赵的经过，很虚心地推让着说："我对贵国没有多大的功劳，对本国还背着大罪呢。大王肯收留我这个罪人，我就知足了，哪儿还敢受封啊？"赵王再三请他接受，又叫平原君劝他，他只好接受赵王的赏赐。信陵君不敢回魏国，就把兵符和军队交给魏国的将军带回去，自己留在了赵国。

楚公子春申君黄歇还在武关，他听说秦国打了败仗跑了，就带着八万大军回到楚国去了。春申君向楚考烈王报告秦国打败仗的情况。楚王叹息着说："赵公子所说的合纵计策实在不错，可惜咱们没有像魏公子那样的大将，也没有像毛遂那样的谋士！"春申君臊得慌，可是他心里仍有点儿不服气，说："上回赵公子他们已经公推大王为纵约长，如今秦国打了败仗，威风也下去了，大王这时候就该掌起纵约长的大权来，赶紧打发使者去召集各国，并去取得周天王的同意，借着他号令诸侯，共同征伐秦国。大王要能这么办，就比齐桓公、晋文公、楚庄王的功业大得多了。"楚考烈王经春申君这么一鼓动，又勾起了当霸主的瘾来，当时就打发使臣上成周去请求周天王下令征伐秦国。

春申君

周赧（nǎn）王虽说挑着天王的旗号，可真正受他管辖的土地还不如列国里最小的诸侯国。么小的天下还分成两半儿：河南巩城（在河南巩义）一带叫东周，河南王城（在河南洛阳）一带叫西周（原来的东周又分成东周、西周）。周赧王这时候正住在西周。他接见了楚国的使臣，答应楚王用天王的名义去召集列国诸侯。

公元前256年，天王派了六千人马到了伊阙（就是现在河南洛阳南的龙门山），就在那边等候各国的兵马。可是韩、赵、魏三国跟秦国刚打过仗，元气还没恢复，没有出兵的力量。齐国跟秦国已经交好了，不愿意发兵。只有燕国和楚国派了几队人马来，大伙儿在伊阙驻扎下来。楚国和燕国等了三个月，也没见别国发兵来。这回合纵抗秦的计划又吹了，他们只好回去。谁知道楚国和燕国的兵马一退，秦国就发兵来打成周。西周不能抵抗，投降了秦国，周赧王做了俘虏，没多久就死了。打这儿起，西周就完了。

秦昭襄王灭了西周，通告各国。各国诸侯不敢得罪秦国，争先恐后地打发使臣上咸阳去道贺。秦昭襄王很得意，可是他做了五十多年国君，已经快七十岁了。丞相范雎坚决请求告退，秦昭襄王只好答应他。公元前251年秋天，秦昭襄王得病死了，太子安国君即位，就是秦孝文王。这时候，孝文王也已经五十三岁了，据说即位才三天，就中毒死了。后来太子即位，就是秦庄襄王。

秦庄襄王重用商人吕不韦，拜他为丞相，立儿子嬴政为太子。吕不韦对庄襄王说："近来得到报告，说东周因为秦国接连故去了两位君王，料想秦国不能安定，就打发使者到各国去煽动合纵抗秦。我想咱们既然把西周灭了，东周就不应当再留着，不如把它也灭了，免得各国诸侯再借着这顶破旧的大帽子来欺压咱们。"秦庄襄王就拜吕不韦为领军大将，发兵十万去打东周。公元前249年，秦国灭了东周。周朝的天下从此就完了。

来了东周后，仅仅隔了两年，秦庄襄王自己害病死了。吕不韦立十三岁的太子为国君，就是秦王政（后来称秦始皇）。秦国的大权全在吕不韦手里。吕不韦派大将分头去攻打赵国、韩国和魏国，得到了几十座城，逼得各国诸侯不得不再采用合纵的办法去抵抗秦国。

吕不韦

大贾面目假父
衣冠招
礼贤士成
一家言
争名
于朝
争利
于市令
之驵
侩如其智

吕不韦

图穷匕见

公元前241年，东方六国除了齐国以外，赵、韩、魏、燕、楚五国，都出兵加入合纵阵营，公推楚国为首领，拜春申君为上将军，浩浩荡荡地杀奔函谷关而来。秦国的丞相吕不韦派蒙骜（ào）、王翦（jiǎn）、桓齮（yǐ）、李信、内史腾五个大将，每人带领五万兵马，分头去对付五国的军队。王翦决定集中兵力先去袭击领头的楚军。他暗中调动兵马，准备连夜进攻。

没想到他这一计策被一个手下人偷偷地透露给了春申君。春申君一听，吓得魂不附体，连其余四国的兵马也来不及通知一声，就下令退兵，急急地往回跑了五六十里地，才喘了口气。等到秦军进入楚军驻扎的地方，才知道楚军已经跑了。王翦他们那五路人马就合在一起攻打四国的兵马。四国的将士们听说领头的楚军先跑了，全泄了劲儿，瞧见秦国的大军压下来就好像耗子见了猫似的，撒腿就跑。合纵抗秦的蜡头儿就此完全熄灭了。

自从这次合纵抗秦失败，加上楚国的衰落，秦国要兼并六国就更便当了。秦王政为了进攻赵国，假意跟燕国和好，先打发使者去破坏燕国和赵国的联盟。燕王喜果然听信了秦国的话，叫太子丹到秦国做质子，又请秦王政派个大臣来做相国。他以为这么一来，燕国高攀上秦国，就不必再怕赵国了。使者带着燕太子丹到了咸阳，请秦王政派个大臣去作为交换。吕不韦就派大臣张唐去，张唐推辞说："我打过赵国好几次，赵国当然恨我。如今丞相叫我上燕国去，我不能不路过赵国，这不是叫我去送死吗？"吕不韦再三请他，他坚决不干。

为了这件事，吕不韦闷闷不乐，赌着气坐在家里。他家有个小门客，叫甘罗，年纪很轻，但口才极好。他

甘羅

囊錐功名芥拾青紫早達
仲兼一倍此子
戊子正月誤廬居士書

甘罗

替吕不韦去见张唐,对他说:"您不听从丞相的劝告,他能轻易放过您吗?"张唐经他这么一说,害怕了,愿意听从丞相的吩咐。

张唐跟着甘罗去向吕不韦谢罪,愿意上燕国去。吕不韦叫张唐准备动身,回头又谢过甘罗。甘罗说:"张唐愿意上燕国去,可是他还是害怕赵国。请丞相派我上赵国去替他疏通疏通。"秦王政就拜十几岁的小甘罗为大夫,给他十辆车马、一百个人,让他上赵国去。

赵悼襄王(赵孝成王的儿子)听说燕国跟秦国和好,正担着心。现在秦国派使臣来,他立即派人去迎接,等到一见面,原来使臣是个小孩子,不由得奇怪起来,就问:"小先生光临,有何见教?"甘罗说:"燕太子丹到了秦国,大王知道吗?"赵悼襄王说:"听说了。"甘罗又问:"张唐上燕国去当相国,大王知道吗?"赵悼襄王说:"也听说了。"甘罗说:"大王既然都听说了,就该明白贵国所处的地位了。燕太子丹上秦国去,就是燕国信任了秦国;秦国的大臣上燕国去当相国,就是秦国信任了燕国。燕国和秦国这么彼此信任,那么赵国就危险了。"赵悼襄王故意很镇静地说:"为什么呢?"甘罗说:"秦国联络燕国,就是打算一同来进攻贵国,为的是要夺取河间一带的土地。依我说,大王不如把河间的五座城送给秦国,秦王一定喜欢。我再替大王去求秦王别叫张唐去燕国,别跟他们来往。这样,贵国要是去进攻燕国,秦王准不去救。这么强大的赵国对付一个弱小的燕国,那还不是要几座城就是几座城吗?送给秦王五座城简直就不算一回事儿啦。"

赵悼襄王听了,就想拿五座城做本钱去侵略燕国,以便夺到更多的土地。他当时就送给甘罗一百斤金子、两对玉璧,又把河间五座城的地图和户口册子交给了他。甘罗满载而归。秦王政一一照办。赵悼襄王一打听,果然秦国不派张唐去燕国了,就知道燕国真孤立了。他派大将李牧发兵去打燕国,夺到了几座城。这么着,秦国和赵国都得到了土地,就是燕国太倒霉了。

燕太子丹住在秦国,眼瞧着秦王政失了信,让赵国去欺负燕国,这种日子太难熬了。他一个人孤苦伶仃地在秦国,跟谁去商量啊?燕太子丹忽然想起甘罗来,打

太子丹

太子監國顧心寶丹席狼坐視馴之犬
難壯士一去角聲為酸壯士不還面首長安我
過易水蕭·怒寶·豪懷太子倪仰關干退盧居士

太子丹

算跟他结交，也许能有个出路。没想到这位年纪轻轻的小政客是个短命鬼，才当了几天上卿就死了。

燕太子丹还想去求求吕不韦放他回去，可是吕不韦跟他一样，心里头也正滚油煎着呢。原来秦王政年轻的时候，一切事情全由吕不韦做主。但他长大后就想要执掌大权，反倒觉得吕不韦是个碍手碍脚的人了。公元前238年，有人利用太后造反。秦王政剿灭了乱党。又过了一年，他觉得自己有了实力，眼看着吕不韦的主张和做法跟他不对付，就拿出主子的手段来，把吕不韦免了职，最后叫他自杀了事。秦王政杀了吕不韦，重用谋士尉缭，一心要统一中原，不断地向东方各国进攻。在这种情况下，燕太子丹没法儿再在秦国住下去了。

燕太子丹知道秦王政决心要兼并列国，又屡次侵犯燕国，夺去了燕国的土地，哪儿还能放他回去呢？他就换了一身破衣裳，脸上抹了些泥土，打扮成一个穷人的样子，给人家去当使唤人，一步步地离开咸阳。后来，他混出了函谷关，逃回燕国。他恨透了秦王政，一心要替燕国报仇。可他不从发展生产、操练兵马着手，也不打算联络诸侯共同抗秦，而是把燕国的命运寄托在刺客身上。于是，他把所有的家当全拿出来，一心要收买能刺杀秦王的人。

那时候，有个杀人犯叫秦舞阳，太子丹知道他有胆量，就把他救出来，收在自己的门下。这么一来，燕太子丹优待勇士的名声就传遍了燕国，连躲在燕国深山里的樊於（wū）期也知道了。樊於期原来是秦国的大将，他煽动秦王政的兄弟长安君造反没成功。长安君被杀了，樊於期逃到了燕国。这会儿他大胆地出来投奔太子丹。太子丹把他当作上宾，在易水（源出河北易县）的东边给他盖了一所房子。

太子丹还请到了一位很有本领的叫荆轲（kē）的剑客，把他收在门下。太子丹把自己的车马给他坐，自己的饭食给他吃，自己的衣服给他穿，也给他在易水东边盖了一所房子。自己这么小心地伺候着荆轲，还老怕招待不周。

荆轲受此厚待，实在过意不去，问他："您打算怎么样去抵抗秦国呢？"太子丹说："拿兵力去对付秦国，

荆轲

怒气聲聲邯郸英雄长啸：易水起寒风千古沁人骨仗
剑入军狼丹砂惊成碧难云事非常良由无上策请观
博浪椎英风自发越吁嗟隐恨默无言杜鹃啼断
咸阳血

荆轲

简直像拿鸡蛋去砸石头。去联合各国吧,也不行。韩国已经完了,赵国也差不多完了;魏国和齐国早已顺从了秦国;楚国离着又远,没法儿派兵来。合纵抗秦是办不到了。我想,如果有一位勇士,打扮成使臣去见秦王,那时候,他站在秦王面前,就可以逼秦王退还诸侯的土地。秦王要是答应了,再好没有;要是不答应,就把他刺死。这是没有办法的办法。先生看行不行?"荆轲说:"这是国家大事,还得准备周到了,才能发动。"太子丹再三请他帮助,荆轲答应了。

有一天,太子丹慌里慌张地来见荆轲,对他说:"秦王派王翦打过来,已经到了咱们南部的边界。先生快想个办法吧!再等下去,我怕先生有力也没处用了。"荆轲说:"我早就想过了。要挨近秦王的身边,必须先叫他相信咱们是去跟他求和的。秦国早想得到燕国最肥沃的土地督亢(河北涿州东南有督亢陂,涿州、定兴、固安一带,都是当初燕国督亢的地界)了。我要是能拿着督亢的地图去献给秦王,他一定喜欢,也许能叫我当面见他。"太子丹说:"好!我叫人把地图拿出来。"

荆轲背地里去见樊於期,对他说:"秦王害死了将军的父母宗族,还出赏格要将军的脑袋,将军不想报仇吗?"樊於期一听这话,眼泪就掉下来了。他叹息着说:"我一想起秦王,恨不得跟他去拼命,可是哪儿办得到呢?"荆轲说:"我倒有个主意,能帮助燕国解除祸患,还能替将军报仇。可就是说不出口。"樊於期连忙问:"什么主意?说啊,说啊!"荆轲刚一张嘴又闭上了。樊於期见他话到嘴边又咽回去,催他说:"只要能够报仇,就是要我的脑袋我也乐意给。你还有什么不好出口的呢?"荆轲说:"我决定去行刺,怕的是见不到秦王。我要是能够拿着将军的头颅去献给他,他准能让我见他。到那时候,我左手揪住他的袖子,右手拿匕(bǐ)首(短刀)扎他的胸脯。这样,将军的仇、燕国的仇、列国诸侯的仇都能报了。将军您瞧怎么样?"樊於期咬牙切齿地说:"我天天想着的就是这件事,你还怕我舍不得这颗人头吗?好吧,你拿去,祝你马到成功!"说完,他拔剑自杀了。

荆轲派人去通知太子丹。太子丹趴在樊於期的尸体上呜呜地哭了一阵。他叫人好好地把尸身安葬了,把人头装在一个木头匣子里交给荆轲,又送给他一把最名贵的匕首。匕首用毒药煎过,只要刺出像线那么细的一丝血,被刺之人就会立刻死去。太子丹问荆轲什么时候动身,荆轲说:"我有个朋友叫盖聂,我在等他。我要他做帮手。"太子丹说:"哪儿等得了啊?我这儿也有几个勇士,其中秦舞阳最有能耐。要是您看能够用他,就叫他当个帮手吧。"荆轲见他这么心急,盖聂又不知道在什么地方,而且樊於期的脑袋也已经割下来了,不能再多耽搁了。这么着,荆轲就决定带秦舞阳动身了。

荆轲和秦舞阳动身的那天,太子丹和几个心腹偷偷地送他们到了易水,挑了一个僻静的地方摆上酒席。喝酒的时候,太子丹忽然脱去外衣,摘去帽子,别人也都这么做。霎时,他们变成全身穿孝的了。大家伙儿显着特别悲伤,全都哭丧着脸,一声不响地憋着眼泪不让它流下来。荆轲的朋友高渐离拿着筑(古时候的一种用竹尺敲打的乐器)奏着一首悲哀的歌儿。荆轲打着拍子,对着天吐了一口气,唱着:

风萧萧兮易水寒,

壮士一去兮不复还!

太子丹斟了一杯酒,跪着递给荆轲。荆轲接过来,一口喝下去,伸手拉着秦舞阳,蹦上了车,头也不回,就到秦国去了。

公元前227年,荆轲到了咸阳,通报上去。秦王政一听燕国的使臣把樊於期的人头和督亢的地图都送上来了,就叫荆轲来见他。荆轲捧着樊於期的人头,秦舞阳捧着督亢的地图,一步步地上了秦国朝堂的台阶。

秦舞阳一见秦国朝堂上那么威严,不由得害怕起来。秦王的左右之人一见,喝了一声,说:"使者怎么脸变了颜色?"荆轲回头一瞧,就见秦舞阳的脸又青又白,跟死人差不多。荆轲对秦王说:"他是北方的粗鲁人,从来没见过大王的威严,免不了有点儿害怕。请大王原谅。"秦王防着他们可能不怀好意,就对荆轲说:"叫他退下去!你一个人上来吧。"荆轲心里直怪秦舞阳

献地图荆卿闹秦庭

太不中用，只好独自捧着木头匣子献给秦王。秦王打开一瞧，果然是樊於期的脑袋。他就叫荆轲拿地图来。

荆轲回到台阶下面，从秦舞阳的手里接过了地图，回身又上去了。他把地图慢慢地打开，一个地方一个地方地指给秦王看。到地图全部打开（文言叫"图穷"）时，卷在地图里的匕首就露出来了（文言叫"匕见"）。秦王一见，立刻蹦了起来。荆轲连忙抓起匕首，扔了地图，左手揪住秦王的袖子，右手扎了过去。秦王使劲地向后一转身，那只袖子就断了。他一下子跳过旁边的屏风，刚要往外跑，荆轲就拿着匕首追了上来。秦王一见跑不了了，也没处躲，就绕着朝堂上的大铜柱子跑，荆轲紧紧地逼着，两个人围着柱子直转悠。

台阶上面站着的几个文官全都手无寸铁；台阶下面的武士，照秦国的规矩，没有命令是不准上去的。荆轲逼得那么紧，秦王政只能绕着柱子跑。他身上虽说带着宝剑，可是连拔出来的那一点时间都没有。有一两个文官拉拉扯扯地想去拦挡荆轲，全被他踢开了。其中有个伺候秦王的医生，拿起药罐子对准荆轲砸过去，荆轲拿手一扬,那个药罐子碰得粉碎。秦王政就趁着这一眨(zhǎ)眼的工夫,拼命拔那把宝剑。可是秦王心又急,宝剑又长,怎么也拔不出来。

有个手下人嚷着说:"大王把宝剑推到背后,就能拔出来了!"秦王政就按着他的话,真把宝剑拔出来了。他手里有了宝剑,胆子就更壮了,往前一步,只一剑就砍坏了荆轲的一条腿。荆轲站立不住,一下子就倒下了。他拿匕首直向秦王政飞过去,秦王政往右边一闪,那把匕首从耳朵旁边擦过去,打在铜柱子上,"嘣"的一声,直迸火星儿。秦王政跟着又向荆轲砍了一剑,荆轲用手一挡,被砍去了三根手指头。他苦笑着说:"你的运气真不坏!我本来想先逼你退还诸侯的土地,因此没早下手。可是你也长不了!"秦王政一口气又砍了他好几剑,结束了他的性命。那个台阶底下的秦舞阳,早就被武士们杀了。

统一中原

秦王政杀了荆轲，也恨透了燕国，当时就派王翦和王贲（bēn）父子二人加紧攻打燕国。燕太子丹亲自带着兵马出去交战，被秦军打得稀里哗啦。燕王喜和太子丹带着一部分兵马和老百姓退到辽东。秦王政非要把太子丹拿住不可。燕王喜被逼得无路可走，只好杀了太子丹，向秦王政谢罪求和。

秦王政问谋士尉缭这事应当怎么办。尉缭说："韩国已经被兼并了，燕国搬到辽东，赵国只剩了一个代城，他们还能干得了什么？目前天冷，不如先去收服南边的魏国和楚国。把这两国收服了，辽东和代城自然也就完了。"秦王政就把北方的军队撤回,派王贲为大将,率领十万人马去打魏国。

魏王假(魏安釐王的孙子)派人去跟齐王建(齐襄王的儿子)联络,请他发兵来救。齐国的相国后胜对齐王建说:"秦国这些年向来没亏待过咱们,咱们哪儿能平白无故地去得罪秦国啊?"齐王建也认为别人家打仗,他还是不去过问的好。他不帮魏国,也不帮秦国,省得得罪了这一边或那一边。他不答应魏国的请求,魏国只好独个儿去对付秦国。

公元前225年,大将王贲灭了魏国,把魏王假和魏国的大臣全拿下,装上囚车,派人押到咸阳。秦王政接着打算去打楚国。他问大将李信要用多少人马。李信说:"也就二十万吧。"秦王政点点头。他又问老将军王翦。王翦回答说:"二十万人去打楚国不行。照我的估计,非六十万不可。"秦王政一想:"年纪大的人到底胆儿小。"他就拜李信为大将,蒙武为副将,发兵二十万往南方去了。王翦推托有病,告老还乡了。

李信和蒙武碰到楚国的大将项燕,打了败仗,都尉死了七个，士兵死伤无数，接连往后退回来。秦王政大怒，把李信革了职，亲自跑到王翦那儿，请他再辛苦一趟。王翦说："我已经老了，请大王另派别人吧。"秦王政直向他赔不是，说："上次是我错了，这次非请将军出马不可，将军千万别再推辞。"王翦说："那么，还是非要六十万人不可。楚是大国，地广人多，楚王号令一出，要发动一百万人马也不太难。我说六十万，还怕不太够。再要少，那就不行了。"

秦王政用自己的车马亲自把王翦接到朝廷里来，当时就拜他为大将，交给他六十万兵马，仍旧派蒙武为副将。出兵的那天，秦王政亲自送到霸上（在陕西长安区东），在那儿摆上酒席，给王翦送行。王翦斟了一杯酒，捧给秦王政，说："请大王干了这杯，我要请求点儿事。"秦王政接过来，一口喝完，说："将军尽管说吧。"王翦从袖子里掏出一张单子，上面写着咸阳上等的田地几亩，上等的房子几所，请秦王赏给他。秦王政看了说："将军成功回来，难道还怕受穷吗？"秦王政完全答应下来，心里想：这位老将军真有点儿小家子气了。

王翦率领着六十万大军去打楚国，路上又打发一个手下人回去，向秦王政请求给他修一个花园。又过了几天，又派人去恳求秦王政，还想要个水池子，里头好养鱼。副将蒙武笑着说："老将军请求了房屋、田地也就是了，为什么还要花园、水池子？打完了仗，将军还怕不能封侯吗？"王翦咬着耳朵对他说："哪个君王不猜疑？你能保证咱们的大王不这样吗？他这回交给了咱们六十万大军，简直把全国的兵马全交给咱们了。我左一个请求，右一个请求，为的是让大王知道我惦记着的不过是这点儿小事，好让他安心。"蒙武这才明白过来，点点头说："老将军的高见真叫我佩服得没法儿说。"

王翦的大军到了天中山（在河南汝南），在那儿驻扎下来。楚国的大将项燕带了二十万兵马，副将景骐也带了二十万兵马，两路一共四十万，不光来抵抗，还直向王翦挑战。王翦把一部分人马专门用在运输粮草这件大事上，对于项燕的挑战，压根儿不去理。这样过了一年多，项燕没法儿跟秦军交战。他想：王翦原来是上这儿来驻防的。他就不怎么把秦国的军队搁在心上了。没想到在楚国人不做防备的时候,秦军排山倒海似的冲了过来。楚国的士兵好像在梦里被人家当头打了一棍,手忙脚乱地抵抗了一阵,都各自逃命了。项燕和景骐带着败兵一路逃跑,兵马越打越少,地方越丢越多。项燕只好到淮上(在安徽蚌埠)去招兵。王翦打下了淮南、淮北,一直到了寿春(在安徽寿县)。楚国的副将景骐急得自杀了。楚王负刍(楚考烈王的儿子)当了俘虏。

项燕招募了二万五千名壮丁,到了徐城(在江苏泗洪),碰见了楚王的兄弟昌平君从寿春逃来,昌平君向他报告楚王被掳的消息。项燕说:"吴、越有长江可以防御敌人,地方一千多里,还能够立国。"他就率领大伙儿渡过长江,立昌平君为楚王,准备死守江南。

王翦知道了昌平君和项燕退守江南,就叫蒙武造船。第二年,王翦已经准备了不少战船,训练了几队水兵,就渡过长江,进攻吴、越。到了这时候,楚国不能再挣扎了。昌平君在阵上被乱箭射死,项燕叹了口气,自杀了。这样一来,秦国想要兼并的六国只剩下燕、赵、齐三国了。

王翦灭楚以后，就向秦王政告老回家。秦王政拜他的儿子王贲为大将，再去收拾燕、赵两国。公元前222年，王贲打下了辽东，逮住了燕王喜，把他送到了咸阳。接着王贲就进攻代城。代王嘉（也就是赵王）兵败自杀。燕国和赵国全部归并到了秦国。

六国诸侯只想保住自己的地位，彼此之间互相攻打，想拿别人的地盘来补偿自己的损失，企图小范围地保持着割据的局面。此外，秦国不仅在经济和军事上占了优势，而且因为统一全国是一般人民的愿望，这才有可能在不到十年时间，一个一个地把韩、魏、楚、燕、赵灭了。如今只剩下一个齐国了。

王贲派人上咸阳报告胜利的消息。秦王政派大臣去慰劳他，请他回过头来去打齐国。王贲就向齐国进攻。齐王建一向不敢得罪秦国，每回列国中有谁来求救，他老是用好言好语地拒绝。他把"和好"作为靠山，死心塌地地听秦国的话，讨秦国的好。等到韩、魏、楚、燕、赵五国都被秦国灭亡了，他才派兵去守西部的边界，可是已经太晚了。公元前221年，好几十万的秦国兵马好像泰山一样压下来，多年没打仗的齐国兵马哪儿抵挡得住啊？这时候，齐王建才想起来向各国求救，可是各国早已完了。王贲的大军一路进来，简直一点儿拦挡都没有，没几天工夫就进了临淄，齐王建只能投降了。

齐国一亡，当年范雎的"远交近攻"的计策完全成功了。打这儿起，六国全都归并到秦国，天下统一。东周列国，经过"春秋时期"和"战国时期"五百年的变迁，才合成了一个大国家。秦王政跟着就改变国家的制度。当初六国诸侯都称为"王"，如今"王"没有了，那么自己又叫什么呢？他觉得自己的功劳威望比古时候的三皇五帝还大，就采用了"皇帝"这个名称。自己是中国头一个皇帝，就叫"始皇帝"，人们就称他为秦始皇。后面的第二个皇帝就叫"二世"，第三个皇帝叫"三世"……就这么下去一直到万世。他又叫玉器工匠刻了一枚大印，称为"玉玺（xǐ）"。那玉玺刻好之后，大臣们向秦始皇朝贺，听他的命令。

秦始皇废除了分封诸侯的办法，采用了郡县制度，把天下分为三十六郡。郡下面再分县。每个郡由朝廷

秦始皇

姬嬴递袭纪错中堕天相有秦厥功唯伟文胜则史不胜质无彝章
士横议不坑无儒长城哉，亘古中外长淮悠悠黔首依赖武罴
建储失运复开诚罪之首六功之魁呜呼谈和人先输世谁彼始皇
如其才如其智

秦始皇

直接任命三个最重要的长官，就是郡守、郡尉和郡监。郡守是一郡中最主要的长官。郡尉在郡守底下，管理治安，全郡的军队也由他统领。郡监执行监察的事情。三十六郡全是这么统治的。

在秦始皇统一中国以前，列国诸侯向来没有一个统一的制度。不说别的，就拿交通来说吧。各国都有车马，可是道儿有宽有窄，车辆有大有小。各地方的车一般只方便在自己的地方行驶。秦国的兵车要在三十六郡的道儿上都能很快地通行，可就办不到了。秦始皇规定车轴上两个轮子的距离，一律改为六尺，使车轮的轨道相同（文言叫"车同轨"），各地的道儿就得修一修。这样，天下三十六郡都修起有一定宽度的"驰道"（就是公路）来，从咸阳出发，北边通到燕国，东边通到齐国，南边通到吴国、楚国，甚至湖边、海边都修了驰道。驰道宽五十步（秦以六尺为一步），每隔三丈种上青松。天下已经统一，各地方不再打仗，一部分原来的士兵变成了修路的人。驰道很快就修好了。同时，秦始皇命人将所有的兵器都搬到咸阳来，铸成了十二个巨大

号始皇建立郡县

的金人（就是铜像）和好些大钟。

交通一方便，商业发达起来，麻烦的事儿又来了。除了秦国以外，各地方的尺寸、升斗、斤两全不一样，就是在一个诸侯国里也很杂乱。秦始皇就规定全国使用统一的度、量、衡，禁止使用旧的杂乱的度、量、衡。这么一来，全国老百姓的生活就方便多了。

交通和商业的发展又促进了度、量、衡的统一。可是还有一件多少年来没统一的事情，也必须改革一下，那就是文字。别说那时候中国有好几种不同的文字，就是一样的文字也有种种不同的写法。秦始皇采用比较方便的书法，将其规定为正式的统一的文字，就是所谓"书同文"。其余各诸侯国写法不同的字也跟那些杂乱的度、量、衡一样，一律废除。

秦始皇还想从事国内的改革，没想到北方的匈奴又打进来了。匈奴趁着燕、赵衰落的时候，一步步地南下，连河南（黄河河套以南）大片的土地也被夺了去。秦始皇派将军蒙恬（tián）发兵三十万北伐匈奴，把河南收回来，编成四十四个县。为了加强北方的防御，秦始皇下了决心，把原来燕国、赵国和秦国的长城连起来，又造了不少新的城墙，从临洮（táo）到辽东，筑成一道万里长城。

公元前214年，秦始皇发大军五十万人，平定岭南，又添了三个郡。在南方大兴水利，叫水工史禄带人在湘江上游开掘渠道，号称"灵渠"，能通航，能灌溉。第二年，蒙恬打败了匈奴，又添了一个郡。两年增加了四个郡，加上之前的三十六郡，合成四十郡。

秦始皇因为开拓了国土，就在咸阳宫里开庆祝会。会上，大臣们纷纷议论，有不少人认为古时候的制度不能改，分封诸侯的制度不能废，这种制度和道理都有古书为证，谁也不应当改变它。秦始皇很生气，就下了一道命令：除了秦国的历史和那些对人们有用的书，像医药、占卜、种树、法令等以外，其余的诗、书、百家的言论，全给烧了。谁要私藏就治罪；拿古代的议论来反对现在的法令的，也是死罪。

秦始皇称帝后迷信长生不老，就让方士们去给自己找仙药。其中有两个方士，一个叫侯生，一个叫卢生，他们在背后跟儒生们说："始皇帝是个专制暴君。在他的手下，博士也好，方士也好，算卦详梦的也好，反正只能说奉承的话，而不能批评他的过错。"侯生和卢生背地里又联络一些儒生反对秦始皇，那批儒生就引经据典地批评起秦始皇来了。

秦始皇一听到这些议论，就派心腹暗地里去探察他们的动静，准备逮捕一些反对他的人，头一个就是侯生，第二个就是卢生。秦始皇正打发人去抓他们，可他们早已跑了。秦始皇才知道他们原来还有内线，就叫御史把那些反对自己的人抓来审问。哪儿知道这批人还没受拷打，就东拉西扯地供出了一大批人来。审问下来，秦始皇把那些犯禁情况严重的四百六十几个人都活埋了，把那些犯禁情况次一等的都轰到边疆上去开荒。秦始皇杀了这一批方士和儒生，不但从此跟孔孟一派的儒家结下了怨仇，后世也有不少人把他当作典型的暴君。可是废分封、建郡县，筑长城、御外敌，统一度量衡，做到车同轨、书同文，这些都是好事情；结束战国混乱的割据局面而成为东方大国，更不能不归功于秦始皇。